文化行者
主编：袁兆昌　严飞

全身文化人

汤祯兆　著

人

ZHEJIANG UNIVERSITY PRESS
浙江大学出版社

今天想起的二、三事
汤祯兆

1

对于香港的主流价值，我大体上不同意的时候较多。这确是实情，对一位长期浸染于人文精神领域的写作热爱者而言，面对香港单向且事事以物质主义为先的态度，委实难以有如鱼得水的切身感受。只不过在芸芸一众主流价值中，我倾向较为认同专业主义，可是肯定的角度又与通俗的应用方法稍有出入，看来还是需要再加以说明一下。

香港社会一向非常肯定专业主义，由 SARS 时期医护人员舍身忘我的牺牲精神，乃至律师不畏政治强权敢于依循法律观点去紧守信念等等，都是我们由衷赞颂且全力拥抱的美好价值。可是我们明白凡事都有两面，僵化的专业主义态度，同样会变成为了捍卫专业工种的利益，因而透过建构以及诠释不同美其名的专业守则，从而保障圈子延伸出来的阶级稳定性。更令人忧心的是，因为香港经过数十年来上下一心对专业工种的盲目崇拜，专业形象已不仅牢不可破，甚至扩展成为社会地位的迷思。我们随时可见一位杏林国手，忽然可以主宰全香港学生的生死，含着金钥匙出世的商贸界翘楚，亦可摇身一变成为本土语文政策的指路明灯。简言之，香港对专业主义的肯定，我认为同样受功利主导的态度掣肘——社会从来对人文学科及社会科学的专业价值阳奉阴违，不少人心底里仍嗤之以鼻，所以才会不断有专业精英跨界出来大言不惭地诳言、说三道四。

由衷而言，那是一种凭知识去追求更大权力的想法——专业主义固然由专业知识建构出来，但专业知识不是普世工具，而且愈是信奉专业主义的人，应该更加谦卑，明白专业范畴的局限，遑论去奢言攫取不相称的权力。

2

全身文化人的意念，一直与个人对专业主义的思考藕断丝连。我在 20 世纪 90 年代初出道，那时候的文化界只要你有拼劲及上进心，差不多什么文稿都会有机会撰写。年青人面对眼前浩瀚的可能性，固然会无比兴奋，但当全情投入其中，便会陆续发现个人的局限——对自己想成为一个怎样的香港人，正好是刺激反省的契机。

2007 年自从吕大乐的《四代香港人》面世，香港文化界刮起一股代际议题的讨论，由对立矛盾到沟通共融不一而足。不过看到邓小桦提出"共生力量"，来作为对吕大乐婴儿潮思维的响应，我认为有需要补充一点看法。吕大乐对第三、四代人提出忠告，建议后来者寻找前人的空白领域，加以自立门户、阐述己见，而邓小桦则以"共生力量"修正——她想强调走前人之所未行之路，某程度仍是一种竞争角力性的思维逻辑，为了避开婴儿潮思维的桎梏约制，反过来强调新世代人追求的是代际融和及对话，而非传统上非黑即白的对抗性诠释，因为抗衡关系只会加剧分化，对本土文化发展肯定有损无益。

我明白她的苦心，因"四代香港人"而生的代际怨气的确清晰可感。只不过我认为"共生力量"只属美好的愿望，到落实的层次仍需要讲求互相补足——我会把吕大乐的思维理解为一种对追求质素的肯定。共生也好，单打独斗也好，我们反叛的不是存在的形式，而是实存的质素高下。我对专业精英的微末要求，不过是——请用质素而非职权来说服我！回到刚才谈及年轻时对无尽机会在眼前的兴奋，自己迅即发觉那是天大的陷阱——什么文章都能写，那即是对专业主义的最大侮辱！正因为此，无论共生是多么美好的期盼，前提仍在于共生的任何尝试，都要有一定的质素支撑，否则便会陷入五十步笑百步的窠臼。

无论是融和或是反叛，那都不过属一种态度的表达方式，正如有人激进有人沉潜，那肯定不是问题的关键所在——我认为对跨世代共生的终极愿望，就是一起对质素有永不停步的探求；在这个意义上，回顾整理以及强化做好自己，其实就是共生根源所在，也是对专业精神的贯彻实践。

3

"全身文化人"之名生于 2003 年一次读书会，几年来的变化，连自己也无暇追认。我保留了读书会的构思方式，拜托了几位好友赐文鞭策，他人之眼恰好相助戳破镜中幻象，也因为你们而令此书成为不一样的选集。特别要感谢袁兆昌，要说共生力量以及专业精神，一切都可以从他身上看到。我从来都是幸运的人，由是更加对身边一切无尽感激。

｜创作人

｜足球人

｜文学人

| 电影人

| 香港人

创作人

序：文学作为影子

邓小桦　香港电台"思潮作动"主持人

　　　文化评论人

　　今日大家都以为汤祯兆是日本通和影评人，都以为他专研日本或者电影（或者 AV），但其实他昔日曾是香港中文大学中文系传说中的才子、一时无二，后辈学妹都欲一窥风流面目，而余生也晚。见到阿汤（其实我惯持中文系习俗，至今仍叫他汤生）时也没有以学妹身份相认，乃是觉得惭愧、不好意思沾光。倒是很久之后，他私下跟我说，其实他的日本研究、流行文化研究，底子里还是中文系时学的理论。我暗暗弹跳：相认！

　　创作是才子身份证，传统来说是这样（时人或者觉得上镜才是身份证）。其实中文系一向被认为太循规蹈矩、出不了创作人，能够将传统运于掌上者，实在很少。读《不长进者的兵器与罩门》，怎能认不出鲁迅？拟题的反省性自嘲即所谓后设，念文学者一生中忍不住总要后设几下，其中利器与包袱的相生互倚，我们是明白的。《爱的教育》采用 MSN 模式，与黄耀明歌词的文本互涉，话题几乎是通俗爱情信箱，却有佛理禅机的辩论。遥想当年汤祯兆一支顽皮之笔，对沉闷学院而言，不啻天外飞来的清亮耳光。

　　阿汤曾笑我对一言一语都太过认真，其实不认真的人连那认真都辨不出来呢，所以阿汤自己何尝不认真。我藏有一册他于 1991 年出版的文字创作集《变色》，里面黄继持公就说阿汤有继承／创新、通变自我和外来观念、开出文字之路的志愿及能耐。念中文的将背负传统现代、中西古今结合的责任，更首讲语言经营，态度尽在句子里，还加上佛道二家"不说破"的规矩：《〈倩女幽魂〉的人与鬼》一读再读，意犹未尽。同样意犹未尽的《大雄与静怡》是群戏，全是暗场，到最后似乎是人生小小虾碌无足道哉，而作为核心的男主角甫出场，揭盅就是结束。《久美子与我》一样是不曾说破，一场小小的性对话，微小得无人记得，叙事者潜心于躲藏在公司暗角，逃避注意、细细安排日常规律和调节身体。这两篇又让我想起村上春树那些都市里微小的异人诡事，不过阿汤写来并不是彭浩翔、王贻兴那么顾盼自喜，他早就内敛淡然。

汤祯兆表达思想，语言上就奔腾野马、电影、俚语、歌词、英文、佛语、古文……携世态炎凉之间的面冷心热的感触，万般说不尽，《某天，又一个大学生自杀了》（下称《某》）里还夹了脏话；表述生活，语言就平淡冷静、水球不兴（唉！真搞不懂水瓶座）。《生病志愿》出入淡然，里面两个画面好生动人：一个是母亲熟睡时叙事者蓦然发现她可以无声无息地死去；另一个是想追上去扶母亲，却看见母亲牵起父亲的手。儿子懂得母亲心思，却无助沟通；但连那些不能排解的心绪，说来都是淡然的，仿佛一切都是生之齿轮的一部分。有心者自然还可以在这次"自选集"中找到"死—生"的脉络，死开始是喧嚣里沉默的空白（《某》），到纪念黄继持公的《天下无双》，已是放下桎梏后的假面戏耍，用电影的对白，超度丧失的悲痛。对于阿汤来说，似乎死生的辩难，结论不过在于，人如何平静活下去。《生病志愿》里说"在流离的日子里，如此或如彼的难处令人不愿再检证过去的自己，因为从未脱离柴米油盐的煎熬，再谈超越的什么渴想便好像有点不近人情"。我不承认，却身同感受。

　　创作是汤祯兆"小时的营生"，今日他好像不再做了；可能是因为，今日在学院以外，可以用这些跨界而对读者具挑战性的文字创作，来换取浮生微薄酬润的园地，已几近于无。舞榭歌台，风流总被雨打风吹去。由此想来，汤祯兆今日以其小时营生所勾出的，文学轮廓即是：某些所确曾拥有过的能力、志趣、情感、记忆，种种残余，不见容于杀机处处的商业社会、大众媒体，所唯一可去之处，便是文学——文学，一如每个人的影子，是外于此身、不能失去的一部分。

某天，又一个大学生自杀了

——给林奕华

自杀是一种创作，创作者编剧思路的强弱决定了演出成败。寻死容易，控制死后的"装置"却有点困难。飞天或坠海，骨折或血肉模糊，不好意思，机缘巧合中还带一种命数。生命成就的讽刺，旁人只可用非旁观者的感觉接受。你说强中自有强中手，那么是轻——不能承受，是重——不习惯承受。埋身肉搏，请放下手上的长镜头，有无嘢睇唧——话你啫，一点耐性都无。哼！（右手举起中指）要睇嘢俾几兜嘢去通菜街楼上睇，嗰度有球有萝，乜捻嘢都有得你睇。条老坑行过话"一三五七九"喎——无伤，流少少血之嘛。①踌躇满志的死者，败在神经兮兮的观众手上。死亡为创造的终极，可以看的和不可以看的，连同给家人的遗书都一股脑儿看了。意义或在瞬间生成，或在一星期之内生成，不会再长，观众会忘记看过的演出。对白总注定压倒动作，既然什么都拿了出来，要生、要死，除了旁人之外，还有谁可道破玄机？

每年都有一个大学生做空中飞人。去年是我中学的师兄，今次是中学的师弟。尸骨未寒，路人已迫不及待为死者找寻合理的借口。现代科技先进，说不定下期《龙虎豹》便会派特约记者，深入冥府访问死者，以"据死者称"的口吻作现场直击报导。他的日文老师也说，死者生前曾借阅大量三岛由纪夫著作云云。死者心理系的本科知识，充分见于遗书。"我一定死的，原因实在太长，一年以前决定，而非一时冲动，不活总是比活着

---

① 有没有东西看呐——说你呀，一点耐性都没有。喏！要看什么就拿几十块钱去通菜街楼上看，那里身材火辣（有胸有屁股）的靓女到处都是，什么鬼东西都有得你看。那个老家伙（老头子）走过撂一句"一三五七九"（意指老头子在拣选妓女，一边在点算眼前人数目）这么给劲喔——没什么大碍，出点血而已嘛。

好，唔好估我点解要自杀，你地都不好估我，唔简单，①其实并不一定悲哀啊，人迟早都会死的。”悲恸的路人没有丧失理智，众人重复堆叠的话语，衍生出本来没有的意义。三言忽又化成两语，终于一朝惊醒过路人。众人风尘仆仆继续赶路，将来一旦停下来，或许还会恋恋往日稍曾驻足的风尘。不要失望沮丧，纵然找不到借口，路人还是会走散。面面相觑，难到要无聊到尽头！一年由沸点到冰点的冷却，理智降服情感，蓦地醒来，忘了过路人没有开玩笑的余暇。许多聪明事，似有，又无，多少人知？

　　母亲从抽屉找到遗书。警察从书包里发现字条，叹一句“长痛不如短痛”，虽云莫名其妙，又未至万念俱灰。点点滴滴的期盼，不稳定的迟来风暴，阻碍好事者沉思，却有助于咏叹。此处不宜蠱立，请勿站近边缘，跳下去或是立即离开。涂地之肝脑，吮吸结浆之腥血。一不小心，咬破了自己的舌根，味道交缠渗透，再也不能觅回本味。那就放下吧，终有一天会有人嚼出另一番滋味。

　　某天，人去后，路重道远，请珍重加衣。在黄泉路上寻你的友伴，如你未曾喝孟婆汤，可随时呼唤阳间的名字。喝过了，便重新来一次吧，再次参悟永远不会揭晓的生命之谜。

1990 年 1 月 13 日

后记：沸热的汤放在面前，你可以让它冷却才喝，甚或不喝。不要忙于进梦乡，游目四瞩，可以收拾睡眠。奔赴去何方，蹴起的灰尘总会迷目，迷目可见绿？可见，从汤里升起的烟雾可见。请尝一匙，那里有死亡和生命的律动。

---

①　别猜我干嘛自杀，你们都别猜，不容易。

《倩女幽魂》的人与鬼

中国古典小说里，人与鬼的身份真不容易说清。李翰祥《倩女幽魂》改编自《聊斋志异》的"聂小倩"，加减之间，有些场面颇堪玩味。好事的书生，夜宿魑魅魍魉丛居的古刹，忽闻幽婉琴音，遂循声入室，偷窥小倩姿容。待得小倩发起娇叹向姥姥申诉，一韦鬼物竟说三更夜半，窃听者应为鬼而非人。人见鬼喊人，鬼见人喊鬼，非如此聂小倩和宁采臣的感情，似乎便不容易发展下去。人有忠奸，鬼有好坏，姥姥变成鸨母，而且只要命，不要钱。当观众辨清角色的黑白，便遂称她为老妖。妖魅也者，法力高强之恶鬼也。既有妖就必有神，或至少有一道士，否则便破坏平衡关系。戏中以剑客燕赤霞担此重任，过去的诠释为神以降魔、道以辟妖；如今则道高一尺，魔高一丈。燕生在莽林被老妖打得落花流水，若非旭日将升，也不能凌空掷剑，刺毙老妖。小说里燕生送一革囊予书生，以御魑魅。后来书生聂小倩逃走，夜叉前来索命。"囊忽格然一响，恍惚有鬼物，突出半身，揪夜叉入，声遂寂然，囊亦顿缩如故。"半人半神的剑客，竟然比鬼还鬼，无常也可被人勾魂摄魄。要命的是鬼有生死，一切对立遂消失于无形。做生鬼——随随便便无可无不可继续履行鬼的责任。做死鬼——是为人报复还是自己要复仇？寂灭或是轮回？虚虚实实，人与鬼还不是同一鼻孔出气。

死者自死，生者却不可尽它无聊地死去。电影中添入时代纷乱，清兵入主中原的背景，燕生舞剑而歌，满腔郁结。力不足以在现实世界荡平贼寇，只好在鬼域为孤魂伸张正义，快意生平，总算有过一点功绩。原来人不可以无鬼，鬼乃为人而殁。小说后半部分，小倩一肩挑起五千年文化沉淀于此的包袱。由婢而妾，恍如赌一盘预知结局的大细（赌大小）。大家三口六面①来一场明码实价的相亲。你要扬名声，他要显父母，还有什么？当然不能遗掉延宗嗣。于是小倩愈发不济事，见革囊，心底发毛，"肌犹震栗"，什么鸡皮疙瘩通通显露。越接近人，随随便便夺命的差事也应付不来，唯有拉着人的裙裾无可奈何苟活下去。苟活为生鬼，总好过偷生为人，省了米饭，凡事糊糊涂涂不就混过了吗？

那么谁享温柔？谁受好报？当然是道貌岸然的正直君子。蒲松龄开首便说宁采臣"廉隅自重"，小倩情挑采臣，宁斥咄之"卿防物议，我畏人言。略一失足，廉耻道丧"。电影来几次搂抱，插两个特写，肉紧②也增添数分。夜半东厢传来一声尖叫，燕生破门见到采臣，劈头便道："不是你吗？"尤为可亲。至于书生常对人说："生平无二色"，及妻死后，又兴高采烈奔告亲朋，大宴嘉宾，迎娶鬼妻；或挖掘小倩朽骨，回乡殓葬，不忘托辞为妹，蒙骗燕生。这都是无足轻重的琐事，"苟全性命于乱世，不求闻达于诸侯"固然是采臣心迹，"牡丹花下死，做鬼也风流"的兰溪生，所云："书中自有颜如玉"，难道又不是书生的肺腑之言吗？

若说为人可鄙，为鬼可亲，生鬼也不过为满足人之欲念而活，无甚可观。要作人上人，先要法力无边，露出窝囊废的脓包相，观者便须为忍笑而烦恼。苟为鬼中鬼，则要耐得住浓痰的折磨，留一丝精气以待复仇。为人为鬼，众生因缘，不必客气。

1990 年 2 月 17 日

① 三口六面讲清楚，就是指把实情摊开来讲清楚。
② 肉紧：一般指一些让人揪心的事，紧张的事，但又不是太消极的。比如爸妈看到你辛苦就会内紧，心疼。

不长进者的兵器与罩门

大地一片平静，宇宙八方的祥和令所有生物都不敢作声。矗立枝丫的鹰车缄默得过久，身外空气为毛羽的轮廓铸成一座石模。唯一尖削的寒光钻穿化石，狠狠凝聚于路上飞扬的土灰。风沙卷起末屑刮出嘿嘿的冷笑。少年人在莽林中踽踽独行。背后袱着一把嗡然震响的剑。剑的名字单叫做"剑"，它不可能，也不会有其他代号。剑曾属于前人，现在归他所有。剑为他回答了四周的挑衅。足底踹起的蒙蒙烟盖了树上的寒光。在不弛不疾的步履中，他复又遁入空蒙。

他在空寂的平原等待事情的降临，把剑从鞘中抽出，让它蘸尝少年体内的一滴鲜血，浓稠的一颗凝滞血坑，剑也抖颤得不安于少年手中，它要少年来一手御剑飞行。剑尖戳破沉聚的空气，鲜血于劲速中扯成飘带，展现一条血路。忽然，他汩然倒下！人与剑同时倒下，胸膛里藏了一粒黝黑的子弹。

少年醒来已在另一时空。他讶异于剑之无能，复惊叹于自己之再生。遗憾乃一觉痛来已是少年，向物留在昔时，再不能寻其大概。惊魂甫定的少年，辄遇相恋中的少年。相恋者求未知一己在恋者向所爱昭明心迹，无可奈何的少年唯有依其训示步向所爱者之门槛，乃因两少年并无分离之可能。在门外踌躇不定之际，紧阖的门露出片段之缝隙，直通殿堂昏暗之幽冥。少女用深情复怨恨的眼神盯着少年。少年一脸狐疑，嗫嚅着不知应如何对似曾相识的少女启齿。少年惊悟向物未尝不来，惜一己不复可返回往昔。犹豫间少女铁铸般叱令"弃剑"……少年凝视手中萎靡颓堕之伙伴。他显然已经迟暮，朦胧中只可发出低徊之悲嗟。少年狠狠捏紧剑柄，渴望用柔肤下之热血唤醒沉睡的他。喉头一呛，甘甜之鲜血正欲仰冲出来。少年口腔一翻滚，把什么都吞回囊中。少年终于尝到自己腥秽的鲜血。相恋中的少年只有无可奈何地苦笑。四周响起嘈嘈切切的人声，回首一顾多为不知名的其他俊美少年。满脸温柔的少女，犹自喃喃轻念"弃剑"……少年终明白少女喜欢的只是平凡的少年，并非佩剑的少年。少年缓缓将剑提起，为人与物、存与弃、生魂与死灵、碎影与温存、超升与悲悯而踉跄不定。少女正欲上前搀扶，迟疑间正好来得及拾回地上少年抉出的心窝。

　　四十年后的少年在血泊中提起少年。少年望见对方身上之窟窿，心中沉坠万分。少年欲乞求一声宽恕，对方却已全然忘却，毫无怨恨，还有什么宽恕可言。原来时间方为最大的骗子，运动不过为一场虚妄。以身外之时间观之，有力者负少年而走，动静之变，非少年所能掌握。若以身内之时间观之，窟窿之有无，仍为本然之少年。且窟窿为似柔实刚之处，无物不通正是无物可滞。少年遂重返少女之跟前，放下锈剑，索寻昔日之时光。然少女门前已杂树不立，门板朽腐，鸡犬不闻，唯一老妪伴残晖相觑天宇之某一角落。少年恍然大悟，明其所以来及所以往。

1989 年 11 月 18 日

后记：借来的东西，始终不是自己的。剑也好，文字也好，人也好……

生病志愿

生病后的母亲仿佛变得太过陌生，或许是因为自己出国念书的缘故，她的衰老速度快得已经和以前的印象无法衔接，据说年少是在外跌跌碰碰的日子，陌生的母亲恰如一面镜子照出风尘仆仆的自己——久未相见的友人重遇劈头第一句：你和以前不大相像。病了的母亲和失重的我，同样焦距模糊，在播放粤语长片的电视机前，久违了的对白却耳熟得如幽灵在血脉管道中游窜。

母亲的病不是在今天突然涌现，但两年前的病体和眼前的却恍如隔世。是因为她身旁多了一支拐杖？是因为颤巍巍站不直身子？是因为再不能独自下楼散步游走？我回家后瞬即发觉她的行动不便，枯坐于椅子上纹风不动，一旦渴睡至闭上眼睛时，常叫我从心中涌起一种莫名的恐惧——她的离去可以是完全无声无息的。

在记忆中依稀有一个晚上，半梦半醒的我被传呼机惊醒，郁闷的友人醉倒街头，是因为我将要离去吗？年轻的岁月总是界限不清，即使不一定复杂，纠缠之中常包含诸种难以启齿的关系。症状是一张灰色的脸孔，情绪的起落也无定向。好不容易为友人安顿调理一切后，大清早踏进家门却空无一人。知道母亲在医院后，我一直坐在窗前。那是怎样的一天？晴或雨？在脑海中没有留下什么印象。我想或许因为害怕生病，匆匆逃离这个城市。据说人口过多的时候，疾病会很容易滋长扩散。

无论用任何语言粉饰虚掩，离去总有当逃兵的一种压力。我们习惯了不用逃避责任来形容，因为可以抚慰说还有众多兄弟姊妹来分担职责，但其实源生自更深一层的无奈——去或留实际上均无意义。在母亲没有染疾之前，我们也常有机会两人呆坐于电视机前，任由重复又重复的内容对白，代替互通的话语。偶尔也谈到一些尚未尘封的事，如怎样逃难来香港，渔船上的凶险，家庭成员的被迫分散两地，木屋区的艰苦岁月……但每次均如电视肥皂剧般，因为久远了，也就不愿多提。在流离的日子里，如此或如彼的难处令人不愿再回望过去的自己，因为从未脱离柴米油盐的煎熬，再谈超越的什么渴想便好像有点不近人情。

我想因为她的劳累吃苦，而容许今天选择前路的机会降临到孩子眼前。我忆记起一出曾看过的纪录片，谈香港人在政治变化压力下的心态，身为儿子的叙述者提到母亲留在香港，而其他亲人却纷纷登上飞机迎接新生活。留下来的叙述者，只能暗地里明白和欣赏母亲的坚强。在镜头前甚少出现的叙述者，隐晦地说到即使留在家中陪伴母亲度日，其实对老人家面对剩余的孤独日子也无大帮助，这一种隔膜叫我深受感动，自己也说不出所以然来。如果勉强去追求一些语言上的理由或诠释，大概并不难为，然而我想世界已经过度纷扰，倒不如留一些空间，这样合乎健康原则，有些问题是注定存在下去，不解决并不代表怯弱、卑屈或不负责任；反之先要懂得学习尊重每个人在世上有其各有所占的位置，不以旧日的光景来统制今天，也不以当下的观念来评议逝去的岁月。否则琴弦拉得太紧，一旦断了就只有哀悼的份儿。

我们这两代人是如何被联系起来的？我看较自己年长四十多岁的母亲，偶尔会涌起类似的疑惑。免于吃苦的我，曾屡度于梦中碰上母亲的尸体。她安详地躺卧在床上，胖得有点不动如山。那不是她希望如此的，只因血管的退化及局部堵塞造成行动不便，在缺乏运动的情况下而导致躯体肥肿。我幻想她心中有自杀的愿望，不过因羞于启齿而放在心里。我从异国回来后的第一个周末，一家大小十五六人云集团聚，仅因人气鼎沸母亲便不愿并列同席进膳。她对躯体退化发胖心怀介意，令我无法找到合适的词汇来表达关怀。如果可以选择中止生命，我和她或许可超越隔世的距离，同样给予愿意的她，缺乏药物治疗的手脚动作日益迟缓，然而母亲犹自希冀奇迹的出现，在痛苦稍舒缓时继续减量服药。她学会和自己身体妥协的一天，正是我准备离开她身边往别处念书的时候，巧合地同时标志了一个段落的休止。

我想因为普遍的生病先于死亡，母亲对疾病的轻视令她尝尽苦头。这其实源自于对自己高估过甚，或是要求自己太多，以致陷入不切实际的生活境地。在跌跌撞撞的翻滚着，终于理解到妥协的重要性，妥协而非对抗，先明白身体和心理有各自运作的规律，偏重哪一方，其实也是对自己的一种暴力。幸好自己永远是自己最公道和不客气的朋友，在别人出言惊醒之前，先告诉你自己生活是怎么的一回事。

在一次聚会里，全家人再度云集于一所酒楼。母亲在父亲的搀扶下，极度缓慢地走在行人路上。这一次我清楚记得是晴朗无云的一天，我一直在约一百米后的距离跟随他们。直至红绿灯前，我才急步冲前扶上一把。母亲的左手却紧握着父亲的右手，缓慢而稳重地横渡这条宽阔的马路。

我终于不再害怕疾病。这个城市仍旧拥挤，但当我告诉朋友有一个生病志愿的时候，我相信是对不严峻及不浪漫的生命所作出之回应。

我和久美子

我时常在办公室无聊，尤其是久美子离职后，就更终日无所事事。刚来日本的时候，全凭以前公司的关系，令我得以进入这机构办事。我懂计算机，计算机不会理会我说什么，于是我和计算机就如以往工作时般建立了良好关系。我一个人在顶楼空置的"办公室"工作，那原是一个储存过期文件、空白影印纸和多余旧计算机的货仓。大概上司也不知把我安置在哪里，于是就随便收拾一下，给我一台弃用了的计算机，像多余的物资任意找个地方摆放。

如此这样我便度过了好几个月，每天只有上下班经过正常办公室时和其他职员会面打招呼。用有限的日文道声招呼，心里也明白自己必然成为他们的笑柄。但你有你笑，我的自我感觉良好，我听不懂，由是不愠不怒。我在公司的工作十分简单，不过是整理一些来往的数据数据，普通的 data-base 已胜任有余。会计部的女孩子都用 Lotus 1 - 2 - 3①，我也懂得，但从没有说出来，免得加重工作压力。于是我在公司逐渐成为最无聊的一个职员，每天把一个小时已可以应付的工作，拖沓拉延至好几个小时。其他时间我做俯卧撑，练六通拳和做 sit-up，那时发觉自己要注重健康，香烟也是忽然想通便戒了。当然还有写信，写很多很多信，寄给英文名字由 A 至 Z 的朋友，人人有份，永不落空。然后把写字桌上的日历涂得红红绿绿，分门别类以不同颜色显示清楚书信的收发，计算来往所需时间，并整理出收信预算表，后来也交由 data-base 帮我处理，逐渐数据积存多了，对预算的准确性要求愈来愈高，顺势也就把朋友分

---

① Lotus 1 -2 -3，是 Lotus Software（美国莲花软件公司）于 1983 年起所推出的电子电子表格软件，在 DOS 时期广为个人计算机使用者所使用。

类排列归纳出来，以银行与顾客的关系来割分，大致不离定期、储蓄和往来三类。定期户口大概和死户接近，只有在不可不通信的情况下才会有信件寄来，通常列有拜托代办的事务，由代订酒店房间至购买最新型的遥控电话，不一而足。储蓄户口大概最正常，有来有往，你一封来我一封去，不会打乱节奏，普通又有道义的朋友。往来户口则两边总有一边不平衡，不是我发信太多就是对方写信太多，令另一方举笔维艰，似乎很不好意思的样子。由是计算机和我一同重新认识了以前的朋友，协助我理解他们，以系统化和有条理的表据梳理人情，忽然感到计算机成为我的军师谏友，相互依赖而并存。因为如果没有我，它大概也要继续封尘下去，直到有一天公司大清理的时候，一并扔进废物堆里去。

他们留意我的存在，大概在于某一次看到我用 word-process 写信。公司有完整的 word-process，但其他职员多用日本版的"桃太郎"和"花子"（就如我们的"倚天"和"仓颉"吧，我想），那次见到我会用 word-process，很多人都目瞪口呆。但 word-process 不是很普遍吗？至少在加拿大和美国也人所共知吧。不久以后久美子便调进我的办公室了，我实在感到受窘，两件事或许没有什么因果关系，但直接产生的后果便是我失去无聊的自由。无论怎样说也好，我都是受害的一方。

久美子已经结婚好几年，据说。孩子好像也有两个，不过一切与我无关，我眼前的久美子对我来说只是一个中年发福的女人，最少不会令我有什么特别正面的情绪反应。反而忆起早阵子看报纸，有一段报道谈到日本 baby-sitter 的情况。据日本 baby-sitter 协会的数据显示，托人育儿的负担绝不轻松，较贵的要收入会金三万日元，年费一万日元，每小时则为一千六百日元，那么工作赚回来的薪俸不是左手来右手去吗？忽然我开始有点可怜她，但这个念头只浮现在脑海中约三秒左右，然后我又再集中注视荧光幕，考虑以后如何打发不能为所欲为的无聊时间。

　　某天我在久美子下去管理部时，把一只在墙壁上往下爬的大蚂蚁捉住了。我用一个原来放万字夹的塑料盒把它收养，安置在抽屉内。我相信它是一只自恋的蚂蚁，因它时常搔爪弄姿和洗着脸孔。我每天把下午茶的一点点饼干碎屑，又或是糖果之类用来饲养它，当然不忘滴一两滴水给它喝。久美子从来不知道我有一只宠物，她只能望见计算机的荧光幕，无可无不可似的。

　　她是在下雨的一个工作日问我有没有性经验，那是我和她喝过下午茶的时间。我没有说有，也没有说没有，只是模糊地应了一声嗯便继续定睛在荧光幕上。两天后她又问我做爱时有没有戴避孕套，是圆点的还是球浪纹的？我把计算机关掉，看清楚蚂蚁安稳地在盒中懒洋洋地午睡，然后告诉她最近美国出现了一种新性病，叫做"Herpes"。"Herpes"在希腊文里，意思为痒痒的。Herpes 有两种，其一为口内 Herpes，其二为性器 Herpes；前者由口交传染，后者则由性交感染。这种病一直乃从和异性性交而感染的，但最近据传在旧金山的男同性恋者中也普遍起来。

　　症状为针扎似的刺痛、痒，然后淋巴腺肿起来，更恐怖是女性的性器 Herpes 患者，子宫颈部发癌率高达八成。据说美国人有两千万人染上 Herpes，而有 10% 为同时染上口内及性器 Herpes 两者，这样的话便没法救治。有趣的是这种性病的患者多为知识分子和中产阶级，二十五以上至三十多岁的患者较年轻人更多，大学毕业及研究院毕业的人占五成之多。说到这里，我便停下来，转身蹲下整理多余的废纸或是文件。久美子忽然用高跟鞋的鞋尖踢我的臀部，还笑了出来。那天我写信给一个储蓄户口朋友，告诉他我受到性骚扰；然后写信给一个往来户口朋友，告知她刚才说过的每一句话。那时我想起她较 burikko 更讨厌，burikko 指那些常扮作纯情、天真无邪的日本女性，说什么也要扮傻不知道，回话声调一定高出八度。Burikko 的相反为 oyajigyaru，大致为 "如老头子的 girl" 之意，指粗粗鲁鲁，说话口没遮拦的女性。以久美子的年纪看上来，大概她已经历了这两个阶段，或许是我遇她不逢时吧。天意来的，天意来的，不也是日本神道的精神吗？

她离职的一天我全不知道。回到公司才发觉她不在，心中正生出疑问，忽然上司进来交代一声说从今之后久美子不来了。也即是说，我又可以回复恣意无聊的日子。不过上司还说下个月开始，便给我一台新的计算机，大概是满意我的表现吧，临走前还露出一脸你要更加努力加油的笑容，策勉我好好工作。我珍惜最后的这段时间，为计算机整理出我使用它时处理过的事项，编成一份如履历般的文件档案。大概这就是它的墓志铭，我想。然后在一个充满阳光、和煦温暖的早晨，我打开窗子，把蚂蚁放在窗外。室外温度21℃，明天将会继续晴朗，吹微风，湿度70%。自此之后我又重新开始做俯卧撑和练六通拳，只是偶尔写信，因为工作繁重了。

直到我能够听懂电视台的新闻报道后，我才从别人口中知道久美子原来只是一个临时职员。对于她，我的了解仅限于这个地步；然而公司上上下下大概除了我之外，我想再没有一个会记起她了。

大雄与静怡

静怡以为自己不会再写信大雄。两个人分隔异地，说什么也是虚话。起初书信频繁，强仔问她是否收到大雄的信，她回答偶然都有的。强仔追问一星期有没有一封，她只好应道，可能有三四封。强仔立即骂大雄，"有异性无人性"。朱记却没有这样想，他闲中也收到大雄的信。大雄每次都不忘提醒他，要把邮票剪下来寄回给他。

阿辉也发现了大雄寄回的信，上面的邮票都光溜溜，似乎内有乾坤。他说大雄的信，看后总不痛不痒，想说什么又不敢出来似的。憎恶的时候，甚至感到大雄小觑他，不把他放在眼内，阿辉的女朋友猪仔包安抚他，解释说或许大雄不过觉得你怎样也不能理解他，所以不说话写到尽头。你们一伙人全是那么好的朋友，你不好胡思乱想。阿辉也曾经在强仔面前抱怨，强仔照例又说大雄"有异性无人性"。强仔叫阿辉拿信来看，阿辉从背袋里捡出一包烟，随口答说不要再理会大雄写什么好了，抽根烟吧，法国的 Gitanes 值得介绍推荐。

逐渐大家见面的开场白，变成"近来有没有收大雄的信？"。如果有，就漫不经意问大雄有没有什么特别话说；如果没有，总有一人先骂大雄"无良心"，然后由另外一个人出来打圆场。有时次序倒转，但一正一反的定式却大抵逃不了。只有马尾例外，她每次总是雀跃地和所有人分享大雄的消息，大雄写什么也一并转述，唯一的底线是拒绝把信拿出来供大家一起阅读。她说这是大雄写给她的，只是给她的，因此也就应好好收藏。关于大雄写给其他人的信，马尾从不追问内容，但她会说早知道大雄会写信给你，人人有份，不会落空。阿辉以为自己最先放弃回信，家中仍留着几个光溜溜的邮票；后来飞机妹告诉他，把邮票浸在水里，就可以褪去痕迹，再三翻用。某晚，阿辉写信给另一个国家的金仔，特意提醒金仔可尝试以同样的方法加工邮票。信封口后，阿辉接到飞机妹的电话。飞机妹泣不成声，说大雄要出家做和尚。她说大雄信中填满什么空空色色，又说什么大小空有皆无区别。阿辉自己拿不出主意，打电话向朱记讨教，朱记却好像没有什么异样，近来收到大雄的信都不过说生活简单而平凡，做兼职，逛街，看电影……和以前不是同一个模样吗？强仔提议向静怡求证，静怡应该最清楚大雄的动静。碰巧静怡去了外地工作，回来时已是一个多月后的事。大家也就不便再提旧事，一个月那么长的日子，要成佛都可以上了西天。阿辉想起以前大学上导修课时看过的《法华经》，那时好好的默记于脑海，然而考试之前已听风而去，从此他便不相信人可以贯彻始终。

　　静怡一下飞机，便回到公司述职，回家时没有如想像般在房里堆满大雄的信。在异地晚上除了要应酬的日子外，其余大多在酒店的房间内发呆，看卫星电视、打长途电话，就是拿不起笔写信。大雄的信有好一阵子，都是记载他的菜谱内容及自己的下厨心得。譬如日本南瓜固然可以煎来清吃，但最能表现它的甘味始终以天妇罗见胜。五香菜串儿如在台湾般大为流行，其实所有款色有现成预备好的包装发售，和即食面无异，不费技巧。当不再谈吃饭和往市场买菜的时候，大雄的信便越来越短，且越来越疏。在过境暂居的酒店里，静怡想不出信是应该用来记录盛载什么内容的，所以连一封信也没寄出。抵达回家的晚上，阿辉来电谈了一些近况闲话，然后约定过几天安顿下来后再出来疯一晚。那天晚上静怡睡得不甚安宁，或许是时差的问题——纵然不过一小时，也少得不放在心上的所谓时差。

　　聚会的那天，于熟识得老掉牙的酒吧内，马尾迟迟未见踪影。没有马尾的聚会叫人感到冷清，只有飞机妹独力支撑场面，吱喳不停地缓和众人的不语。静怡趁去洗手间之便，抓住刚从男厕所那边出来的强仔探询，究竟这个月来发生了什么事。强仔奇异地没有提及大雄的事，反而风马牛不及地说久不久便有人月经来潮，而中年更年期又会提早偶然出现，这些都是生理上的循环，不以人力为转移，所以也无需记挂在心上。猪仔包悄声告诉飞机妹，阿辉近来把烟戒掉，抽烟少说也有好几年，不知为何作出这样决定。是有病吗？阿辉向朱记查问，朱记却说下班前和马尾还通了一次电话，说好今晚见面再谈，实在摸不清什么底蕴。直至午夜马尾始终没有出现，而更不可思议的是始至终没有一个人提及大雄。大雄仿佛成为完全无关痛痒的一个名字，瞬息之间在空气中化为乌有。

在静怡回来前的一个星期，马尾收到宝儿从巴黎寄来的短信。信封和信纸均是再造纸制，内里提到她前往德国看展览，遇上良善友好的顺风车司机云云。那个晚上马尾发了一个梦，在坟场墓地里看见儿童时的自己和友人玩捉迷藏，自己被编配为当蒙眼鬼的角色，边数一、二、三……张开眼已是正午时分。大雄的信安然躺在地上，同时传来母亲呼喊早点起来进午餐的叱喝。

据婚后的猪仔包回忆，那段日子阿辉绝口不提大雄的事，乃害怕被问及有没有收到信这个问题，而且也暗自担心伙伴之间的关系可能有所变化。谁留下来谁离去，都是不欲看到的事情，然而事实证明，往后大家不也是分散异地吗？朱记跟从家人移民加拿大，静怡长期在外地游走公干，强仔典卖家当乘上飞机往法国圆梦——不变的似乎只有马尾，她是众人心目中的智慧姑姑。猪仔包的女儿嘉宝和少玲都是这样称呼马尾的。

静怡回来后的一个星期，友人告知在杂志上看到大雄的名字，说他写食经云云。静怡匆匆下楼往报摊买那一期的杂志看，念下去总觉得似曾相识，然而静怡没有和其他人提及这件事。究竟大雄在盘算什么，静怡心中毫无头绪。而且以后也没有人再提起看到大雄的文章，静怡于是开始逐渐怀疑当初那一篇食经，是不是为同名同姓的另一人所写。

其实静怡也有去信向大雄查问，然而很久也没有回音。后来某次在路上偶然碰见朱记，他说刚收到大雄的信，还立即拿出来给她看。静怡才发现背后所写的住址已经更改了，而内容无非生活照样刻板：做兼职，逛街，有闲钱便往电影院消磨时光。一封看了和没看相差不大的信。三星期后静怡收到久违了的大雄信，其中说到因搬家而延误了信件收递。然后看署名下的日期，已经是一个月前的事了，那封信究竟经历了一段怎样的航空旅程？据说香港邮政服务在世界上是最有效率的，无论多远的国家，都能在短时间内把信件传到对方手上。宝儿常借此批评巴黎的邮务不长进，她和马尾的书信如纸飞机般常有班次误点的情况。阿辉说每次挂电话往马尾家，她十之八九在听音乐和写信。强仔对她的形容为"有人性无异性"，为此马尾发誓永不要指望她写信给强仔，让他尝尝被人遗忘的滋味。

最后一次在众人面前提及关于大雄的信乃是飞机妹。飞机妹把最近收到的一封大雄的信，摆放在所有人眼前，上面仅有五个字和一个标点符号："飞机妹：大雄"，中间全是空白一片。强仔提议用火在信纸下加热，看看大雄是否找到江湖上失传已久的秘制纸张。在朱记安抚众人不要慌张时，阿辉叼着一根烟往街外换一口气。马尾紧随他跑了出去，那个晚上只有飞机妹可以安睡，因为她预先服了安眠药。

静怡往旅行社订机位的时候，刚巧遇上朱记。两人聊了一会，遂互相问及为何至此？静怡告诉朱记订机票前往外地公干，朱记告诉静怡订机票前往加拿大探望家人。在一个飘着微风细雨的下午，两个人一起从尖沙咀的旅行社走了出来，并沿着海边散步往火车站那边。静怡和朱记皆异口同声说，此乃久未遇上一个叫人怀念的微风午后。

　　岂料从那一天起，便一直下了两星期的雨，没有间断，时间恰好为马尾收到大雄说快将回来那封信的前一星期。信上甚至列明了回来的日期及机次号码，马尾拿起电话准备告诉阿辉时，忽然想起不知道大雄究竟是希望她去接机还是众人一起去接机。迟疑之间，强仔已打电话过来说今早收到大雄的传真恭贺他生辰快乐。强仔说那是大雄去外地念书后给他的第一封"信"。

　　在大雄预定回来的日子之两星期前，马尾已抛开既有的疑虑，和大家一同商量如何欢迎大雄回来。然而马尾没有提及收到大雄的信，只随口说大雄打了长途电话给她告知这件事。飞机妹说要第一个上前给大雄一个大拥抱，猪仔包在她身后掩不住嘴笑了出来，朱记慨叹原来那么快已过了这么长的一段日子。静怡和阿辉交换了微笑，而强仔和马尾忙着往东向西争出主意，七嘴八舌自然没有结论。忽然强仔提议当天大家一起拿出大雄的信，向大雄问罪兴师。强仔最有资格去修理惩戒大雄——那么悠长久远的一封信云云。在决定把过去一切化为片刻笑话的基础上，各人不言而喻地为强仔的主意感到雀跃叫好。

　　机杨内按例早晚也站满等候家人、朋友回来的焦心客。那是一个风和日丽的周日午后，姗姗来迟的静怡手袋里放着一篇众人毫无印象的食经，右手拿着一束鲜花，准备给大雄一个意外。按例迟到误点的班次没有给等候的人群任何意外，一贯没有准时到来。当大家开始等得不耐烦的时候，航机的第一位来客从自动门推着行李终于出来。

爱的教育

1

From： 识神@tongsiu.com
To： 元神@tongsiu.com
Subject： 爱的教育（流行版）
Date： 13 月 32 日

元神：

　　你说你说怎样好？她说已爱上你有三年多，甚至因受不了与你相见不相闻的煎熬，而要远走他邦升学求遁隐。既然先前也没有说上几句话，那么她一定是爱上你而非我。就如先前于道场上看到大师兄的例子，几世前的妃嫔仍魂兮不灭般相随相伴，前世的王孙于梦中犹可再续未了缘，看来还是要你这系铃人出面处理。那应该正是彭羚所指"如乘坐快车／但无人在驾驶／亦无人能预计／哪个站自会停低"的意思。

识神

2

From： 元神@tongsiu.com
To： 识神@tongsiu.com
Subject： 爱的教育（佛经版）
Date： 当达摩之轮重新启动……

识神：

　　按你的意思，所有的一见钟情理应都是在寻我而非找你。但一见钟情于本质上是否仍有商榷的争议，"一见"是否必须囿于"第一眼"之意，认识多年而爱意忽如潮涌是否会溢出限界，由是我你之别便不知先前的泾渭分明。我想说的是：唯有当世界没有问题，你才能够爱；因为有问题便诱发人以观念作判断，于是将永远无法爱。正如佛家常用的上船下船譬喻，只有将热情化成了慈悲，才可到达减速慢行的境界。

　　　　　　　　　　　　　　　　　　　　　　　　　元神

3

From： 识神@tongsiu.com

To： 元神@tongsiu.com

Subject： 灵欲那么无形，人类那么难明；爱与不爱，问你怎么肯定

Date： 当我年老的时候，手上会抱着谁家的孩子，向他述说一个
老掉牙的故事……

元神：

我没有你的传世智慧，以我有限的今生知识来看，你的释说会把爱陷于现世及他界的对立之中。其实日常的情爱论说，早已堕进灵欲的争执里，大家爱以追求欲念来代替灵性探思，正是贪其有形有质的实感，无论是"朝吃美食，夕死可以"的食欲升华论，又或是"有空去死无闲生病"的工作移情说，其实都是无办法中的办法。一旦和你的看法相结，则会出现两重的二元对立，想起也觉疲累万分。你教我要信奉神，但那里有教我怎去相信人，所以请指引。

识神

4

From： 识神@tongsiu.com
To： 元神@tongsiu.com
Subject： 长大或老长不大
Date： 悠悠明灯普照当尔国降临

识神：

　　是的，我相信在某一个层次上，活在迷宫里的感觉是必须的。正如谜语式的表达，至终将以矛盾的形态作唯一的展示方式。若佛问须菩提：于意云何？可以身相见如来不？而佛的教导正好归结：凡所有相，皆是虚妄。若见诸相非相，即见如来。你想老长不大，可以老是停留在逻辑表达的层次上；若要成长，则必须要有接受"似是而非"的勇气，以迎接充满探索成分的蜕变。

　　　　　　　　　　　　　　　　　　　　　　　　元神

5

tongsiu.com 于 msn.messenger 的通讯纪录

识神：教我发现得到过，教我说服我心魔。

元神：没有你便没有我，爱欲无涯相折磨。

识神：那个人不是说——要求，它就会被给予；找寻，你就会找到；敲门，那个门就会为你打开的吗?

元神：不! 不! 不! 那是因为说给不同层次的对象而言的。另一个人说的其实是：要求，它就不会给予；找寻，你就找不到；敲门，那些门就成了万里长城，将永远不会打开。

识神：谁不需要爱的教育，但又有谁可作爱的教育。

元神：在图书馆的暗角谈十年前的喁喁情话，于书桌上的稿纸书写十年后的爱的教育。任以此为此，或彼为彼；或是由此岸到彼岸，时间之流，自我引渡。

天下无双

老师：

你转眼间已离去一个月，昨天我定下心神收拾一下信件，又把自己带回以前的日子。我们这一代对老师两字常觉难以出口，并非因为自视过高以致目中无人，反而乃是自卑怯懦使然。如果还有什么师道承传，我委实最忧心所写的每一字每一句，会否有失礼"师门"之嫌。因为老师的榜样，我在选择了写作这条路后，一直有惶恐不安的惊惧。尤其在我起步的阶段，老师的片言只语，很多时候都是我为自己厘清位置的明灯路标。思之如昨天，这个十年。

是的，不过一个十年而已。刚才提到收拾旧信件，你的书函都是在1991年及1992年寄给仍在东京的我，不过十年——想不到真已足够生死两茫茫。对不起，键盘上的手不免有些颤抖。想起最后一次探望你（谁又知道那会是最后一次？），秀琼提到你从不喊痛，是一个精神先于肉体的人。我后来想老师的意志力固然惊人，但从另一角度去理解，也可能把很多感受藏于心底，肝郁成疾不知可否由此惆思。

祯兆：

你竟然学会抽烟。（思之如流水，既是即目）这玩意我也曾稍稍弄过，但因哮喘放弃，所以迄今做不成像样的文人，大抵只有写写序做做评判的份儿了。（那年老师授鲁迅课，清早背布包驾雾上山，我确信有型才可以入格）初到日本，大抵很难不规律一段日子。我当日呆在书库的复印机旁，思之有如噩梦。（一共多少个十年）后来学苏曼殊浪迹琵琶湖畔、华严瀑前，现在追思，浪漫感伤的心境尚可把玩，而湖山之美则已被其后所游的华夏山川大大盖住了。（我是以电影馆来规划出私房东京市内外的地图，倒是回省即使将来在香港可以看到同一出作品，仍不得不在异地边睡边看——几名同流者与流浪汉作伴三更夜半瑟缩在通宵放映的影院中，经验上的体味大抵早已远胜电影的实质内容了）写游记成游学文章其实无聊，除非有必需要骗稿费。你暂时休笔，未尝不好。（往后的内容涉及他人，还是不录了，对吗？）鱼乐否，唯鱼自知吧！（你记得吗？一年多后在另一信中，你又接续了这一话题：像你们这一代这一"圈"，能够个体逍遥自足，肯定否定交迭，"空""有"不二，既虚无又充实，颇值得羡慕。不知鱼自知鱼之乐否？）

　　继持

　　老师老师，那会否只是一种镜像效果？在创作课上，德兴和我都是较为离经叛道的学生，当然他练的是内功心法，我追求的不过为花拳绣腿，但相信于不同程度上均可和老师鼓励破格的心情互通。由是也从侧面唤起老师律己至严的书写风格，有好一段日子偶尔也爱拿老师的文章打趣，笑道这的确是最经济的写作——即使只得数百字的空间，你总可以极为精炼的语言加以压缩，而往往放上千言以上的意思来。是的，你总是一丝不苟的规训自己，而却怂恿我们大步闯荡。还记得那时候的莽语：一脸严肃的你教出如我般的流氓学生——背后的潜台词为我当年的飞扬浮躁，心里确信有你压抑的阴影投射于其中。老师，其实你才是最大胆的人，我们远不及你的一二，我知道你会明白我的意思。

　　原来仅得十年，可惜十年生聚，却未有充分磨剑报恩。

　　那天我在灵堂，听着法师的佛音，很想很想把正中央的四个大字拿

掉：曾经有一位深不见底的老师在我身前，但是我跌宕度日，等到老师
不在的时候才怅然若失。学习上最愚蠢的事莫过于此。如果上天可以给
我一个机会，我希望可以在灵堂换上天下无双四字。如果可以再得以受
教，我不敢奢望，仅期盼还有下个十年。

足球人

序：啄木小记

梁世荣   社会学教授

《我们的足球场》作者之一

　　台湾诗人郑愁予有"因我已是这种年龄——啄木鸟立在我臂上的年龄"一句，我刚刚五十，可谓"行将啄木"。现在，我爱读什么就读什么。不过，我最爱读的还是故事，一如小学三年级时翻开《三国演义》："美髯公千里走单骑，汉寿候五关斩六将。"说得更坦白点，我现在读书怕理论，怕使命，怕文宣，怕武卫，怕自恋，怕好为人师，怕济世为怀，怕自我覆制，怕贫爸爸怕富爸爸怕世界是平的。我这样振振有词，因为本雅明说，天生的故事叙说者，能够在叙说时摆脱一切解释。越是如此，他的故事就越能和听者自己的经验相同化，而听者就越有可能在未来转述这故事。

　　读《食波饼的日子》，最津津有味的是读到"阿汤"写初中同学"新华"成为警察队的守门员，牛津道大球场七所中学千人共赛，林尚义的离轨解读；其他，什么福柯与球场，什么球场上的人生交叉点，什么pragmatic的误会，什么无证球迷的屈辱结局，我读来走马看花。阿汤写日本，入虎穴、取虎子，故事一箩筐。但写起贯串自身成长的足球，偏偏理论一箩筐，感叹一箩筐。我常以为，能够和职业球员相交，乃球迷一大乐事。我的学生中也有一位20世纪90年代初警察队的后卫，胸肌如铁，拍打似生金石之声，和他谈起那时的甲组外援，他只一句："体能不如人，先天的，练也练不来。"寥寥数语，可作足球长篇的起笔。走笔至此，我的偏见是写定的了：我不喜欢"阿汤"在其足球文字中为了理论而牺牲故事。

在《关于 5·25 的文本分析》的第一段，阿汤以"内在的浑成结构及神话原型人物的投影"分析 2005 年 5 月 25 日利物浦对 AC 米兰的欧冠决赛。我喜欢这篇，爱其小说味道。不过，有关米兰前锋舍甫琴科（Andriy Shevchenko）的一段忽略了一个重要的细节。我爱读故事，爱看足球，因此每周必捧读内地出版的《足球周刊》。其中一篇文章谈到，球队能够有队长或球星维持更衣室的秩序，出场前激励士气、中场休息时维系作战情绪，对球赛所起的作用往往是球迷认知中的"黑洞"。欧冠决赛利物浦对 AC 米兰，上半场后者三比零领先，中场休息时舍甫琴科开香槟庆祝，为队长马尔蒂尼（Paolo Maldini）阻止。结果，"核弹头"再一次在欧冠决赛互射十二码（一码约为 0.9144 米），上一次决战尤文图斯（Juventus F. C.）时他未射球迷都知道他要捧杯了，今回他未射球迷都知道他要丢掉冠军了。

- 在不同的足球书写中，阿汤都谈到球迷对球会的认同问题：
- "说穿了我们只不过是一群无证球迷，没有自己的足球身份。"
- "每个人都有自己入场的'功能'设定，而且很多时候都是众声混杂且通常矛盾随身幻化的'多功能'设定。"
- "香港球迷的本质是难逃机会主义的成分，或许用另一个角度来看，是太过被本土的经济效应主导思考，以致令只求付出不问收获的球迷本质，在香港无由生根。"

我太嗜好阅读故事了，所以我对阿汤提出的批评都不感兴趣，我只找文中香港球迷怎样在小西湾球场看中港大战来读。如此反应可借张大春一段文字作说明："契诃夫并非更多、更细地掌握了客观现实或人生真相，而是他花了更大的力气去控制自己对道德或宗教的迷执。于是他才能看见卑微人物之所以卑微的原因，以及高贵学问家堕落于'议论过于丰富'的底细。"

一句话，我期望阿汤掷来香港版的《极度狂热》（*Fever Pitch*）。

食波①饼的日子
——Soccer and its schooling/deschooling metaphor

由学校到球场

当提起要弄一本足球文集，我的第一个印象是想处理学校与球场之间关系，而涉及的时空背景自然是青少年期。原因是至今我仍坚信参与／观看足球，是有一套价值系统在左右个人立场，从而影响对不同球队的支持或排斥。至于价值观念的形成，于仍在求学的少年期大体上应已确立——巧合的是，在人生阶段的时空上，学校与球场都是价值观及信念建立的冲击场所。至于球场上的游戏规则，以及运作逻辑，是成就和强化了学校价值制度化的倾向（一种 schooling 的过程），还是解放了学校制度性管理的进程（一种 deschooling 的方向），将会是我以下要讨论的问题。作为一种回省式的检察，当年的足球生活内容，必然与目前的观点看法混糅一起纠缠不清。换句话说，我从来没有企图或意图去重构客观事实，它只会是本文的部分内容而非终极目的。

由学校到球场，简略言之代表了一种二元对立的关系：饱受监察管制 Vs 自我无限放任，增进知识 Vs 嬉戏逸乐，局促空间 Vs 广阔天地，脑力消耗 Vs 体力发泄，功利作用 Vs 意义真空，似乎两端是人生两极，供少年期的日子左右游走平衡调节。

---

① 波，足球。

只是两者的本质，某程度上也玷污了一种不确定的色彩；就如我们在形成价值观的过程中，同样会摇摆不定，时而渴想自由，时而懦弱保守。到最后在不知不觉之间，忽然我们已完结了成长的过程。至于当年今日的印象札记，时日推移之后又有了另一种说法……

关于新华的一场旧戏

在认识新华书店及新华社之前，我是很崇拜"新华"的——他是我初中时一位同学的名字。在芸芸一众踢到乌天黑地，老豆唔知姓乜、家姐唔知嫁咗未的伙伴中①，来自鸡寮②的他，注定是丽新花花③的史宾沙（John Spencer），又或是米德尔斯堡的儒尼尼奥（Juninho），非池中的池中物。

事后证明，他确实冒出头来。念书时已成为香港青年军的成员，司职守门员的他，已经时常需要南征北伐出外作赛。他成绩平平，上课又只爱看抽屉中的金庸小说，我们那时候已在想：他会否放弃学业而步上职业球员之路？

不久之后，事情已经明朗化，中三评核试后再看不见他——无论是自愿或被逼。当时我们的心情也十分矛盾，明知学校的价值制度化氛围并无可恋，但对于外间的陌生世界也不无恐惧忧虑。而且坦白道来，大家亦对制度性关怀（institutional care）习惯了并依赖它，于是陷入了进退维谷的处境——既不断挖苦及抱怨学校制度的偏执及异化，但同时又没

---

① 不知老爸姓什么，不知道姐姐嫁了没有（文中形容踢球踢到忘我境界）。
② 鸡寮，指今香港观塘翠坪道。
③ 香港足球队名。

有勇气跳出框框作自我挑战。新华的例子其实冲破了大家心中的禁忌，所以纵使我们得知这条路绝不好走，言谈上也多番泼冷水，甚至责怪他一时意气，可是心底里却压抑不住对他的默默祝福。

若干年后，在一个事先没有张扬的周日早晨，我在电视机上看见新华——是他，没有错，在《球迷世界》里。他赶上本地联赛最后一个高峰期（精工①和宝路华②年代）的尾班车，成为警察队的守门员。虽然只是一名小脚色，但以他五呎六吋③的身型来衡量，已经是一项超额完成的任务。何况当年效力警察队还会有一份辅警兼职，不用把一切押在球员生命上。

后来一场突如其来的比赛，把我的"新华梦"踢去无踪。忘了是精工还是宝路华，总之是在大球场慷慨赠了警察队七八只蛋。接着周六发行的《星岛体育》封面（那时是单独出售的，外貌有点像《年青人周报》，是我每周热切期待的精神食粮），便拍下我同学的英姿——如猫似的他凌空飞向左上角，可惜足球已在网窝里。往后在电视上好像再看不见他，我亦与常人相若，基本上已忘记了他的存在。而那一份《星岛体育》，我保存了好一段日子，它成为一则"讣闻"。凌空的"墓志铭"，再没有仇志强或何容兴的奢望憧憬。

关于新华这场旧戏对我的启示，是清楚确认了自己的身份，往后足球仍是会一生一世看下去，只不过从今以后我都只会是观众，不涉其他。

---

①② 均为香港是球队名。
③ 约为 1.68 米。

闪电神话

在我这一代看英国足球长大的球迷中，不可能对利物浦皇朝毫无感觉。在 20 世纪 70—80 年代的二十年间，利物浦夺得了十次联赛冠军，刚好拿了一半。大家对利物浦球员的熟悉程度，绝对较一年只见几次的姨妈姑姐来得亲切多了。

而拉什（Lan Rush）绝对是我们不少人心目中的偶像。为何不是其他球星？回想起当年无线每周播映英国足球的片头，总有科培尔（Steve Coppell）在底线前一毫米作九十度直角式扭腰的急劲传中球；以及基冈（Kevin Keegan）在大禁区左上角四十五度表演凌空倒挂怒射破网的黄金片段。正如我所形容，大家都应该明白到这些马戏班式的高难度动作，肯定不会是凡夫俗子可于三五七年就练成的伎俩，所以科培尔和基冈注定只会是心目中遥远疏离的偶像。当然学校的教诲是有志者事竟成，但现实的经验是最好在大难仍未临头之际先准备起飞；人有三心仿如兔有三窟，在崇拜的偶像目标有二三手准备掩护下，其实也无损全情投入第一志愿的快意——是否矛盾倒属见仁见智。

幸好有拉什的出现——身材瘦削、个子不算高大的他，外型远远及不上死对头曼联过去的健硕中锋斯塔普莱顿（Frank Stapleton）。拉什似乎从来没有显露单打独斗扭过数名后卫，再射球入网的本领；"right time at the right spot"，及时雨的踢法仿佛已足够横扫天下，实在叫人兴奋莫名。

因为他可以成为我们亲切模仿的对象，在少年的童梦中，仍可拥有与天皇巨星扯上相若功架的美好憧憬。我们为拉什起的外号为"闪电脚"——在雷霆万钧人马沓杂之时，闪电一脚送球入网，不啻是私底下对赛时最美好的快乐投影。

这种不切实际的幻想是很重要的少年梦（毕竟当年没有李丽珊给我们崇拜，而且太贴身具体也不易投入——七八年来每月数千元收入，加上刻苦锻炼的日子，并非每个人能吃得消!），它是完全为自己着想，移花接木的动力来源，目标是令游戏来得更好玩。

这种自我消费的转化力量，一直成为学校生活时代对抗制度化操控的自卫策略——理想中自然希望不流血不流汗穿越考试制度的刁难（恍如"闪电脚"轻易一脚送球入网），即使不幸成为制度下的败兵之将，仍可自得其乐避免虚耗所有光阴。当然没有人相信新华会真正出人头地，同样也没有人相信拉什的"闪电脚"全凭运气，但我们都乐意为自己的生活加添色彩情趣，在不费一分一毫的基础上。

也是在若干年后，重遇上誓不肯向考试制度低头的同班硬汉同学，终于在我完成了大学课的年份，接力进来圆他的好梦。有志者事竟成，证明学校的教诲不一定全无效用。那一位同学在我心中不啻是基冈及科培尔的化身，失落了的"新华梦"，瞬息间俨然在另一人身上刹那重现。

千人大球场

我是在牛津道念中学的，牛津道大球场对我的意义，绝不逊于坪洲烂地球场之于李健和。牛津道球场的特色，在于它建于小山丘上，其中一面的龙门对着山下的私人屋苑。冲动鲁莽兼屎波（球技欠佳）的我，经常射球一飞冲天，为了拾回皮球，上上落落之间早已受尽了屋苑管理员无数的晦气说话，兼且留下了不少脚毛与汗水。

不过它叫人更难以忘怀的，是千人共赛的奇景。单是牛津道已有七间中学，每天午餐及放学时段，同一时间可能有十队人马在球场上奔驰角力。换句话说，在你伸手可及的距离之外，事实上没有可能看得清其他队友。而且在"千球并举"的情况下，踢走了别人的球，又或是被别人踢走了自己的球，都属无法避免的事。这千人大球场教会了我们，凡事不可以太认真；在球场上一旦过分执着，很容易便会出现初则口角、继而动武的场面。

其实也并非完全没有想过解决方法，曾经试过担凳仔排队"卜"场①，可惜也不济事。首先球场上从来不见有管理员出来维持秩序伸张正义；其次是当年"流氓之家"模范中学，仍在球场旁屹立"营业"，"模范生"自然不甘受规条掣肘。此外每天的下午五至七时左右，总有一大群的士大佬（的士司机）来露两脚。他们不至于无赖到驱逐我们手持场纸（手执使用场地的订场证明书）的瘦弱羔羊，还一脸诚恳满口同场共战。但他们的脚下球却发发千斤，被踢中两球大抵也可以速速往附近的浸会医院报到，结果自然是叫人岂敢不让路。

我想起球场也许是一种无围墙大学（universities without walls）的变奏，20世纪60年代的学校改革把整个社会作为学校，企图把所有社会设施都用于教育活动。我们在这个公共空间，好像真的取得了伙伴选配（matching of partners）的自由，在足球的共同兴趣上，出现由人人来教育（education by all）的幻象。当然所有人均有权参与足球活动，确实形成了属于牛津道大球场的大众文化，但并不代表不公平的情况及权力关系会因而消失。事实上，在球场这个开放空间上的游戏规则，只不过由学校中制度性赋予的权力操纵，转变为无政府状态促成的森林定律。在学校里我们是无权无势的应声虫学生，去到球场仍是遭人欺凌的升斗

---

① 担凳仔排队"卜"场：拿凳子去排队 book（订）场。

小球迷，于是大家逐渐明白到球场和学校同样无公理可言（两者都奉行人治精神，老师是一言堂，球证总会枉判及误判），所谓千人共赛到头来不过是弱肉强食的变奏。

当然不积极抗争是弱者的温柔抗议——对的士大佬的最佳报复是发誓将来一定不会揸的士搵食（开的士为生，即指做的士司机）！在大场踢不到足球，唯有在旁边的篮球场自我激励磨炼球技。柔性个人主义的种子正好于那时那刻在心中发芽，既清楚社会充满种种黑暗及不公平的地下建制，仍有办法浮沉回旋苦中作乐。

我们最终也选择了七年来在千人大球场上流汗不流血，跑来跑去，乐在其中。

福柯与球场

后来我又想到，福柯（Michel Foucault）的全景敞视主义（panopticism）观念，应用在球场的观察上会有一定趣味。在《规则与惩罚》（*Discipline and Punish——The Birth of Prison*）中，福柯引用边沁（Bentham）对监狱改革的全景敞视观念，致力推翻牢狱原来封闭、黑暗及隐藏等功能，提出持续的可见状态，作为确保权力自动发挥作用的保证。

边沁认为权力应该是可见但又是无法确知的，"可见"指犯人不断目睹窥视他们的监察瞭望塔，"无法确知"是不知道自己是否正在被窥视。加上在一个全景敞视的环境中，匿名的监察者的存在数目成为一个谜，于是犯人也愈受骚扰，同时益发渴望知道自己是否及如何被观察。每一个观察者可以一眼看到许多不同的个人，亦使任何人都能到这里观察任何一个观察者。由于犯人的存在，会对其他犯人造成彼此的监察作用，于是在全景敞视的监察制度下，可以使用极少的执法者，从而达到维系权力系统畅顺有效运作的目的。

应用到一个球场的论述上，球场拥有全景敞视的环境，看台及场边有不知名的观众，而场上角力追逐的波牛（足球中毒的狂迷）也彼此留意同场混战竞赛的其他同类。和福柯理论的差异点，是球场上的全景敞视主义，并非由一更高的权力中心精心设计，由上而下推行（或许会有一些学校的教导主任在场边注视学生的活动也说不定，但他也无权亦无法去左右场上的游戏规则），作为监察机制的意义中心仿佛呈空白状态。但与此同时，在场上嬉戏者，却利用了互相监察注视的条件，从而去建立有利于他们的环境，产生另一种权力转化关系。

最明显的，是大众都把球场看成为英雄地，本来对被监察者（球场上的人）构成威胁的匿名观察者（场外的观众），被转化成为一种有利条件，增加了球场上的人之英雄感（因为有人看着自己，纵使有多少人及在什么时间被看着都无法求证，但这种不确定性却反而强化了无时无刻被注视着的主观幻想投射）。当然监视别人的环境，也方便了自己在球场上延续使用权，例如可以避免与一些食人唔睺骨①的狠辣球队的对赛，又或是挑一些水平相若的对手来增加刺激感等。

我想说的是，福柯的全景敞视监察系统，即使搬到球场上去解说，仍然发挥强大效用。当中匿名性的潜在庞大影响力，即使在取消了上下权力关系的契约后，同样继续运作。作为被权力系统操纵的无奈学生／升斗球迷，在机会降临的一刻，也渴望拥有自己的权力，来为自己在场上的游戏争取有利条件。

① 指那些踢法狠辣，爱以技术来阻挡对手的球员。

波裤图鉴

球场上的一条波裤，从来不仅是一条波裤那么简单；说得夸张一点，它是符号意识的角力场。

当然大部分波牛都曾经历以下的阶段：由牛记笠记①（总之穿得上身的都是波裤），到省下饭钱都要买条名牌，然后再返璞归真，恢复随意的状态——进入"见波裤不是波裤"的境界。成长迟缓的人，或许在后青年期甚至进入前中年期，仍会迷恋名牌波裤，那类人不是我要讨论的对象。

而所谓"见波裤不是波裤"的境界，也不过反映出球场上的角力，已经由形而下的物质条件，进入形而上的精神领域——是的，球场上都要讲思想深度，"波牛"的称号只会在刻意扮烂佬时才会无任欢迎（指故意想突出草根阶层出身才会乐于使用的称号）。

从最简单的说明，念中学时去到两极作简便的二分，可由边锋波裤及清道夫波裤入手。边锋波裤指那些以 Adidas 为首，短到无可再短的连内胆式波裤，两旁还要开高衩；追上潮流的更会把内胆剪掉，再内穿三角底裤，跑起来配合 Adidas 飞扬，是典型的走光裤。至于清道夫②波裤，则指那些长可及膝、走起来风阻甚大的"赖屎裤"（在沙滩上十分常见），而且图案愈花愈好。

两种波裤刚好处于两极对立：长 Vs 短、暴露 Vs 隐闭、简单净色 Vs 花花绿绿——更重要的是它代表了"食力"（费劲）与"食脑"（用

① 指平价甚或破烂的足球衣饰。
② 清道夫，即 sweeper/libero，足球比赛中承担特定防守任务的拖后中卫之别称。

脑）之间的分歧差异。所谓边锋波裤是用来嘲笑那些跑来跑去、当球场是田径场、自己是林福德·克里斯蒂（Linford Christie）的蛮劲球员；也是这一群人最喜欢穿跑鞋去踢球，绝对较周星驰更加无厘头。有暴露倾向的 Adidas 边锋波裤，正好方便步子大力量壮的"食力"一族。

至于清道夫波裤，典型是行行企企跑步几秒的一族①。当然他们自恃个人技术较佳，盘扭工夫到家兼位置感强，所以才懒于走动。食脑是他们的标志，不过他们一旦因炫技而失去脚下球，自然也不会回身追赶，拦截对方的单刀。

本来两者并无冲突，球场上有人食脑，有人食力，不是百花齐放百家争鸣吗？而且没有清道夫波裤放长炮，边锋波裤又怎可以追落底线作冲力射球又或是炮弹传中？只不过年轻的岁月里，总没有人愿意低头屈膝，于是口头上的争拗便由此而来。

对我来说，清道夫波裤与边锋波裤之间的针锋相对，还多了一种对立成分在内：文科 Vs 理科，善于辞令的文科生，也正好利用波裤的议论空间，来对理科生作出精神上的阿 Q 反击。

因由是我校的文科生，一向是班级里的萝底橙（即全年级成绩最差劣的一群学生），成绩差的学生在三班理科悉数满额后，唯有如猜垃圾般分配到剩下来的两班文科。自知实力不及人的文科生，唯有嘲笑对方只懂苦学用功的呆劲；加上文科又特别多说大话信口开河的空间（开口 opportunity cost，闭口 transaction cost 也可以唬唬人），于是"食脑"Vs"食力"的幻象便由此确立。

不过，其实这也是在学校制度管理下，失败者相濡以沫的平衡心理玩意。

---

① 走一下，站一下，起步迟缓数秒的一群人。

球场上的人生交叉点

《牯岭街少年杀人事件》中的一幕：小四与父亲推着单车，一边聆听着父亲的训示。一段日子后，类似的场面再现，父亲却变得垂头不语。小四质问当天的教诲是否不再管用，自己相信是正义的方向，是否不用再坚持。

在球场上，中学生也被逼学习世故。除了面对流氓学生及的士大佬的滋扰外，更重要的是在外受到威吓刺激之余，内在的立场亦会动摇。

当大家在体育课，甚至年级联赛上，仍敢于维持全攻型，"有前冇后，打死罢就"（只攻不守、打死拉倒娱乐观众同时自娱）的滑稽踢法，信任脚法较为细腻的同学——可是一去到校际比赛，立即变回郭家明麾下的香港队，以乌龟式的稳守突击战略来谋求自保。

其实大家一切都心知肚明。纵使偶尔仍会为这样的决定来寻找借口：什么战术上的需要、草场与水泥场地要用不同类型的球员、出外比赛不可任性草率等等；但结果却一清二楚，只不过是以一比零落败，还是七比二见负的差异。我不知道各人的心中在想什么，倒是到场为球队打气的人愈来愈少，球队的战绩也不见有任何起色。

我倒想起伊利奇（Ivan Illich）在 *Deschooling Society* 提出的新俄底甫斯之说（New Oedipus Story）：俄底甫斯型老师（Oedipus the Teacher）为了得到其子（学生）而与其母（学校）相结合，意思是饱受学校制度管理化恶果的过来人，为寻求安全感（下一代的认同），于是继续与自己厌恶的制度同流合污，协助制度运作下去。

我们同样是过来人，但也选择放弃了心中认同的价值观，不给予它任何实践的机会。是的,因为我们害怕失败,介怀自己的名声;在讨厌学校制度的一刻,其实自己早已被它收归麾下蚕蚀了心灵。

回头再看,才醒觉校际比赛的压力,对同学造成的心理包袱不一定次于基冈领导纽卡斯尔,又或是罗布森(Bryan Robson)之于米德尔斯堡。没有人相信稳守突击的战术可以致胜(和对手的水平相差太远),但前设是不欲球队的名誉毁于自己脚下。

大家唯有过早地放弃理想,而把进攻足球(至今仍相信为正确美好的方向,一种狂欢嘉年华式的演绎)如此的美梦寄托在电视机上的巴西队,又或是在体育课上放肆比拼。由那时候开始,连球场上的我们都开始要精神分裂(继学习与考试的无聊分裂症后),然而仍乐在其中。是的,仍乐在其中,因为这一次的精神分裂是大家自己选择的(不如学校的制度化管理强加于身上),所以无怨无愁。

往后的日子,在电视机上陆续体验到进攻足球的恶果——巴西数度在世界杯遭遇厄运,纽卡斯尔一手把冠军断送给一世够运的曼联。浪漫主义毕竟无从于高度资本主义的经济社会环境下萌芽生根。

遗憾的不是当年放弃了什么(谁有小四杀小明的勇气?),而是将来仍要在这样的社会打滚下去(除了学习小四的拒绝成长:了结小明的生命,自己在囚房中与世隔绝)。哈哈,唯有另觅蹊径自我作乐。

林尚义①的离魂大法

当听到有人破口大骂"阿叔"今时不如往日之际,我总不禁会心微笑,to be honest,林尚义永远是我的 icon(偶像),一切只不过在于从

---

① 前香港足球员,著名电视足球评述员,下文"讲波佬"即指这一角色。

哪一个角度去看罢了。

首先，林尚义作为讲足球人的"阿叔"，绝非在于他较别人来得专业，事实上20世纪80年代以降香港的"讲波佬"从来没有意图或企图专业化。当英国当地的评述员在引用比尔兹利（Peter Beardsley）的最新传记来协助分析纽卡斯尔的战术时，本地的讲波佬仍在复述晚报的外电数据（幸好有线的主持人已不断在自强不息），我想大家都会明白我所指——that's why 我用"评述员"及"讲波佬"去区分两地的同行。

而林尚义讲球所提供给观众的娱乐，往往并非来自所谓的专业意见（当然作为球场上的过来人，他对一些球员的独门秘技，有时候仍讲得一针见血，语语中的），而是一些离轨的解读。例如德国一代名将中锋赫鲁贝施（Horst Hurbusch），在他口中成为担上山食几日都食唔完（担上山吃几日都吃不完，将"大块头"形象化）的大块头；马拉多纳（Diego Maradona）及卡尼吉亚（Claudio Canniggia）成为"老酮"兄弟（美沙铜，意喻两人均为瘾君子）；甚至在李健和出道时不断针对他的长发，以及桑托斯弱不禁风的身型——当然后来两人冒出名堂后，阿叔亦随之有所收敛。

是的，阿叔就是一个多言多舌的老头，对着电视机也可以自言自语说个不停的那种人。近年他在足球圈低潮之际，改而能在电影界冒起，也充分证明了他口舌上的斤两（《古惑仔》及后来的黑帮作品中，林尚义的对白有不少是他自编自演的）。他出口伤人，某程度为沉默的观众吐了一口乌气：说话的刻薄及不留情面，恰可用来抚平我们这群容易受伤的球迷心中的种种创伤。

而且少年时期对林尚义的认同，更加系于一种不可看的关系上，因为我们往往只能够在电台收听足球广播。他说什么，是错是对，我们根本无从判断，由是更易于接受一种带煽动口吻而貌似权威式的论述。林尚义对建制的个人激昂抨击（球员的差劲以及裁判的不断枉判），往往容易煽起收音机旁听众的情绪。是的，我们实在无用，企图改变制度化操纵不公的情况，其实也系于一种口舌招尤的街头英雄感投射，"阿叔"恰好填补了这个角色。

至于近年阿叔因为老眼昏花，而时常在讲球时出现"冯京作马凉"的情况，我倒乐此不疲作笑话消费。你可以说我大细超（偏心眼），这一点我直认不讳；但笑中背后有泪的辛酸，不知你又可否感受得到。难道我是天生下来喜欢听英语旁白足球比赛的吗？犹记得上一季卢德权①仍然把利物浦所有黑人球员唤作科利·莫尔（Stan Collymore）的日子[肥的叫巴恩斯（John Barnes）、瘦的叫托马斯（Michael Thomas）、用手的叫詹姆斯（David James）、不喜欢束衫入波裤的叫巴布（Phil Babb），最后一个才是科利·莫尔]，我还有更佳选择吗？

到今时今日，我仍然眷恋林尚义，其实一切不过出于逼不得已。

pragmatic 的误会

高中的时候，班里穿的球衣，背后挂着一个大大的英文字：pragmatic。忘记了是谁出的主意，大家好像也没有交换过什么意见，总之 let it be 就是了。闲谈时最爱用这个字来挑衅理科班的闷蛋，猛喊要他们查了辞典才好来与我们"较"脚。直到大学时念到雅克·马里坦（Jacques Maritain）的《教育在十字路口》（*Education at the Crossroads*），才察觉到实用主义（pragmatism）被界定为一种关于教育目的之错误观念。都是

---

① 卢德权，香港资深教练，曾任教愉园、精工、星岛以及香港代表队教练，后来也出任电视台的足球讲述员。

废话。

连我自己也在想，难道我们真的恋上了高 Q 大脚（用长传急攻以及高空攻势为主导的战术为主的足球赛事）的英国足球吗？温布尔顿从来不是自己喜爱的球队，又或是 pragmatic 背后有另一种含义。

当我发觉到大家上场时，其实没有任何踢法风格上的改变后，我才蓦然醒觉，pragmatic 并非用来形容球队的风格，反而是用来描述我们对踢足球的态度。

换句话说，那时候已名正言顺表明了大家的立场，过去把热血激情与奔走流汗混淆在一起的鲁莽岁月，已正式告终。代之而起的是"有一场踢一场"——毕业长大后也不知会否再聚首一堂踢上两脚。拖男带女在周日早上让下一代观赏老柴"角脚"（观赏由一众过气球员比赛角力较量）的缥缈幻想，毕竟遥远得过分不切实际。"pragmatic"背后的含意，原来是今朝有酒今朝醉，而大家又从来心照不宣，快快乐乐在球场上度过余下来的日子。

是的，我选择了十分珍惜的态度。以暂取生进了中大后，每周仍回到中学与中七的同学上体育课，百分百"有球必应"，出席率较中大的必修科目还要高。

往后虽然未至于封腿收山，但每次在麦花臣①踢九点场的时候，不是甲乙要加班，便是丙丁要陪老婆或女友，久而久之，也就踢不下去了。

或许这是很多波牛所经历大同小异的道路，我的体验是凡事不要押在一注上。二手的准备永无死错人（作二手准备永远不会错）。在高中

---

①　位于旺角的足球场，俗称"街场"，很多市民聚集下场又或是免费观看球的"英雄地"。

pragmatic 的足球时期，我选择了打桥牌与写作为二、三手的准备。中六赢了学界的桥牌冠军后，我至今双手再也没有沾过桥牌边，写作则此时此刻仍在涂鸦中。

Well，我终于愈来愈像一个香港人。

无证球迷的屈辱结局

在《迷幻列阵》(Trainspotting，又译为《猜火车》) Renton 及 Sick Boy 等人秋日行山，未到一半已大发牢骚，把作为苏格兰人被英格兰这群"自渎佬"统治的厌恶，置于自己"苏格兰"这重身份上。

"Phew! I haven't felt that good since Archie Gemmill scored against Holland in 1978." (见鬼! 我从不以为 1978 年阿奇·格米尔在边跨空袭打败荷兰佬的那一幕有多棒。) 将心中郁结与足球的美好回忆并置而谈，确实一矢中的表白无误。

我们又怎么可以没有共鸣呢?! 苏格兰被英格兰"殖民"是自渎，可怜我们更加是英国佬的强暴对象。而关于 Archie Gemmill 的回想，不啻是我们对张志德一脚踢走中国队的翻版记忆；5 月 19 日这个日子，有一段时间在脑海中印象深刻，就连大陆作家刘心武也曾作文纪录了这件事。

不过我倒想说，一旦被"殖民"久了，往往连对抗的冲动亦会流失。正如你还要看足球，在只有英国足球可看的情况下 (在有线电视出现之前)，一切都没有选择的余地。而且还不禁要为他们的球队打气，否则一旦早早出局，就连拥护的对象都落空了。

说穿了我们只不过是一群无证球迷，没有自己的足球身份。近十年八载积累下来的屈辱心结，委实不易疏导宣泄；即使不断降低要求掩耳盗铃，气结事仍触目皆是。香港队事先张扬妇孺皆知成为了鱼腩部队；

曼联什么魔鬼利物浦什么雄狮简直是一场欧洲笑话；甚至连我们中国，也不见有任何赶韩超日冲出亚洲的迹象。

故事的说法发展到这里，足球作为 schooling 又或是 deschooling 的进程，都已经不大重要。

因为它带来的挫折感，与学校制度所产生的，大抵也不相上下。在青少年期的成长日子，两者曾经在脑海中有过对立及互补等不同的幻象，当然不过陆续叫人发现两个环境同样令人沮丧。我们只可以不断修正再修正对足球的期望，而且日益以平常心作为娱乐活动视之。

是的，我基本上已选择了做金鱼缸前的球迷，为自己的健康着想。

杀入小西湾

——在香港与内地之间的万人约会

自从香港队于今届世界杯外围赛的首战中，以三比一打败马来西亚，而成为小组的榜首队伍后，3·31 早已注定了必将成为 5·19 的翻版。事实上，在赛前的数天，传媒铺天盖地的专题经营，悉数尽置于过去 5·19 功臣的口述历史上，除了制造话题的客观效应外，或多或少也不免揉入了主观好梦重温的浪漫化想像色彩在内。

球迷失格

其中最叫我印象深刻的短访，是 5·19 关键入球功臣顾锦辉的忆述，他提到最大的喜悦是源自友人的通风报信，实时才知道当年在屋邨的前后左右均如地动山摇、樑毁栋摧，与全港人同喜同悲的触动永远是最入骨入心的片段。我是当年其中一个在屋邨内狂叫狂呼的人，甚至在回头省思之际，感性上相信那一晚的现场气氛，足以抵消了所有居于屋邨的负面记忆——飞蟑螂在你挑灯夜读迷头迷脑之际的偷袭，半夜肚痛要到室外的厕所解决，又或是老鼠在家居四周逡巡的骚扰。不要告诉我你渴望在屋邨住上一生一世，但 5·19 明确地告诉我们一个事实：有时候居住在屋邨的经验是有钱都买不到的，在适当的时间出现在适当的地方——那晚大家都成了顾锦辉，他在北京工人体育场用一脚定江山，我们在香港大小屋邨靠把口（靠三寸不烂之舌，文中指狂叫狂呼）入史册。

只是高潮背后往往是更厉害的反高潮。

十八年后不一定是一条好汉，至少我不是。3·31 入场后拿着场刊，我自信凭背影可以认得出的只有蒋世豪及范俊业，与 5·19 当年落场（收场）各人的高矮肥瘦历历在目自有天壤之别。我当然是失格的球迷，但又不仅属我的问题，坐在身边一众的年青球迷不见较我出色。他们显然也属阿兰嫁阿瑞之辈，大家有把握的始终是见惯口碰惯面的郝海东及孙继海。对于球场上跑来跑去的一概以张三李四呼之，而当晚香港队众将爱用的凌空倒挂解围绝技（偶尔附上车身的高难度分），叫身边球迷想起的也不过是动画片《足球小将》中的真人演绎，又或是现实里对上周英超南安普顿的德拉普一脚相若世界球的中学版模拟反讽。我们缺少了的不是大大小小的屋邨，更不是搬离了屋邨自立成家的过来人——你看居高临下可欣赏免费球赛的蓝湾半岛灯火寥落，就知道大家同坐一条船却心情迥异。

游离的身份

5·19 曾经被书写成香港身份形成的重要里程碑之一，我从不怀疑其中的可能性，因为伴随着的社会背景是 20 世纪 80 年代港人经济的高度起飞，大家开始财大气粗，鱼翅捞饭。香港队说明了不可能任务的可能性，人定胜天，有家先有国得到最有力的实证支持。身份从来都需要集体记忆去建构，而后者又往往非事先张扬的刻意设计，正如 5·19 很大程度是一场意外——我们由旁观者的角色，忽然成为了战胜的历史缔造者之一，说没有人为想像不啻是天方夜谭。但一切的根源还得多谢当年无线的直接转播，因为此乃所有吹水凭据的基础，今天明珠台插一脚已属无可无不可的替代品——再没有人有勇气去宣称香港对内地，较《皆大欢喜》来得重要。幸好老天爷仍待港人不薄，凑巧遇上国际榄球赛才令赛事于小西湾举行，我们才得以感受到接近全场爆满的环境气氛。

近年足球研究杀入本地学院，对球迷身份的审视方兴未艾。不少人都留意到球迷身份由本土化转移成全球化的过渡，拜有线电视所赐，大家都已成为英超西甲的海外子孙。只是全球化和本土化的身份从来不是在天平的两端，我们不会幼稚到以为尹志强有 Frank Stapleton 的头槌、刘荣业有科培尔于底线前一码扭断腰出球的可能、陈发枝有（Steve Mc-Mahon）的远射脚头、遑论胡国雄能否如基冈般在禁区角可凌空倒挂劲射破网——大家极其量不过奢望陈云岳偶尔可带来如高巴拉的球迷奇遇记以逗人兴奋。

简言之，大家从不会因全球化的身份，而影响对本土化一端的支持。在郝海东破网前的一刻，我深信全场球迷由大喊"范俊业"到"范俊业，你唔好死呀（你不得好死啊）!"，同样有捶胸顿足、眼泪乱弹的真感情。所以身份混揉，我不认为是球迷失格的核心因素。

谁又约了谁？

由5·19到3·31，有球迷失格掉队，有球迷潮爆（引领潮流）入场。球赛开始大家开唱"不愿做奴隶的人民"，不到十分钟彼此极速变脸高声问候郝董娘亲。内地无党派字头球迷烧烟花捋景①，香港有组织及背景球迷会擂鼓对应。大家有时忙于埋怨老孙的英超黑底名不副实，有时急于考虑如何把踢出界飞过来的 Adidas 金球据为己有，更多时候乃

① 指内地来的没有组织及背景的球迷，在开赛后已迫不及待放烟花以壮声势及炫耀实力。

热衷于口沫横飞而看漏了香港队硕果仅存的单刀镜头。

是的，球迷不仅身份游离，而且连入场的"功能"也益发扑朔迷离。当郝董顶入一球后，香港队似乎无力反击，我身旁的仁兄便不停呼吁中国队入多几粒，以求值回票价。对于看戏看梁朝伟应送刘德华，有黄秋生怎可缺曾志伟的港人贪便宜怕蚀底（担心吃亏）心态，我从来不陌生，当然亦有不少人益发搞不清自己是要看梁朝伟还是刘德华。

简单来说，其实今时今日入场的已不尽是球迷。

香港人近年对群众事件，已毫不陌生，而且投入的参与程度亦与时俱增。事实上，从较小规模的携手护维港，到上千千万万的人海达标式吉尼斯项目，基本上肯定了人多便有趣的普遍观念。群众活动作为一场骚（音类"秀"，即 show），而自己会否成为其中的梅艳芳或张国荣，一切全凭自决自主。即使我们不是刘德华或张国荣，但至少一定是张学友，只在乎你要不要做三分钟出名的"乌蝇"①，又或是安于本分不要"接收"lulu 刘嘉玲②。球赛中的英雄不一定是范俊业或郝海东，可能是手持特区区旗四处奔走的红衣球迷，又或是大喊"换欧伟伦下场"的世外高人；甚或以最卑微作出发点，在老弱妇孺面前将正牌问候所有人③尽兴一番。每个人都有自己入场的"功能"设定，而且很多时候都是众声混杂且通常矛盾随身幻化的"多功能"设定。万般带不走，游戏球场间——我相信去书写球迷或许也是时候去摸索及建立一套新的文化逻辑。

---

① 出自王家卫电影《旺角卡门》。
② 出自《2046》。
③ 名正言贵在公开场合用粗言秽语去辱骂所有人。

"隐蔽球迷"的思考

——重赛果缺热情，本港隐蔽球迷经济主导

　　恭喜南华及杰志①，为我们带来十多年来首次旺角场爆满盛况。只要上南华官方博客浏览，便可实时感受到全民共享的兴奋之情②。刹那间的兴高采烈，固然令人士气高昂；而罗杰承先生立下另一个目标，就是要冲击"坐满"大球场，我由衷希望指日可待。只不过同时也不妨重新反省一下本地球迷的特性，从而共同去构思更早达成下一个目标的方法。

　　即使不用回溯到 20 世纪 80 年代，香港球坛也不是全然没有爆棚的日子。前几年香港对内地的小西湾战役，同样收人满之盛，只不过香港队乏善可陈的表现（并不关乎赛果，而是未尽全力的惹人激愤），令捧场的球迷大失所望——当时我是座上客之一，目睹在场球迷先由坚持本土化的身份，到后来融入大中华系统中反过来为内地的强攻打气，心想在场内的香港队球员一定不是味儿。其中我留意到的是，香港球迷的本质是难逃机会主义的成分，或许从另一个角度来看，是太过被本土的经济效应主导思考，以致令只求付出不问收获的球迷本质，在香港无由生根。

　　是的，香港就是有太多"隐蔽球迷"，往往在成形成局的时候才现身呐喊喝彩。如果大家有留意到世界球坛的变化，其实不难发觉足球研究已成为显学。我的一位于会考不太顺遂的旧生，就正好远赴到英国于

---

　　①　都为香港球队名。

　　②　南华的博客 http：//hk. myblog. yahoo. com/scaablog/article？mid＝13899&prev＝－1&next＝13437，杰志也有官方网页 http：//www. kitchee. com/，不过实时的互动不及南华的博客。

桑德兰大学攻读以足球分析为重心的文化研究科目。足球论述一向强调球迷专注投入的真感情，而在里里外外无论研究又或是创作的文本中，都一概奉此为圭臬，英国畅销作家尼克·霍恩比（Nick Hornby）的《极度狂热》就是其中的佼佼者。不问报酬的付出，做好筹划与拥护的球队共度低潮期，甚至要有心理准备随时可能以十年以上为数——那就是球迷身份的本质，而且这更是本来源自蓝领劳动阶层，所赖以对抗全球化及巩固自尊的 tour de force（绝技）。以不变应万变，大抵就是最漂亮的精彩回应。

此所以不少人均视足球为一种宗教看待，利物浦球迷 Alan Edge 的《足球作为宗教》（1999）正好把这种心态成文撰书。Raymond Boyle 后来在《足球与宗教》一篇论文发挥下去，指出球队堕入深渊，正正是强化球迷认同感的契机——由是成就出宗教的热情来。对英国球坛历史稍有印象的朋友，大抵都会记得 20 世纪 80 年代末的海瑟尔（Heysel Stadium）球场及希斯堡（Hills borough Stadium）球场两宗惨剧，结果直接令英国球队被禁止参加欧洲赛事好几年，也促成了英国球坛的改朝换代——由利物浦转移到曼联手上，而利物浦领队达格利什（Kehny Dalglsh）也因心力交瘁而仓促退。只不过正如 Raymond Boyle 所云，在 20 世纪 90 年代利物浦战绩最消沉的日子，也因为上述的惨剧（尤其是后者，因属本土球赛发生的意外）令到球迷的团结程度牢不可破。当年他们对《太阳报》的哗众取宠报道，发起罢买行动，令该报在利物浦区域的销量大跌至少十五万份。甚至有摄影师到场采访时，发觉自己实在拍不下去，因为球场及街道上所见的每一人对惨剧死难者的追悼都诚挚凝重，令旁观者也深受感染而融入其中。这一点正是球迷掌握逆境变化的能力，所以即使到如今利物浦的战绩依然不尽如人意，但球会的内部凝聚力仍未有动摇。对照本土球坛，南华也曾面临降级的窘境，但其在过去数十年来的起伏，似乎都属由上而下的牵动（以班主为重心），相对来说由下而上的支持，往往均与战绩表现扣上关联，这也是我提及对"隐蔽球迷"的忧心之处。

更重要的是，香港的社会气氛从来对忠耿不二的正面态度嗤之以鼻。尤其在全民赌球的岁月中，战果仅沦为个人输赢的数据，而失去了背后依附的热情所在。再加上香港人追求付出一分，收回即使不用十分也要止蚀（防止亏本）的心态，简言之连入场后的球迷身份亦可随时变换（上文提及的小西湾例子），进一步令人不敢乐观看待利好因素。我是失格的本地球迷，但也由衷祝愿新一代球迷可以排除万难，抵抗社会不利洪流，来谱写本地球迷新一页的异色光谱。

"读者反应批评"下的球迷世界

如果足球赛是文本，那么九十分钟场内外发生的一切，都应该同属文本的一部分，同样具备构成意义生成的价值所在。我想起以前念书时流行"读者反应批评"（Reader-Response Criticism），那时候对于作品意义因读者而生的想法颇为兴奋。其中最富启悟且备争议性的文章，应该首推腓斯（Stanley E. Fish）的*Literature in the Reader：Affective Stylistics* [收在汤普金斯（Jane P. Tompkins）所编的《读者反应批评》（*Reader-Response Criticism——From Formalism to Post - Structuralism*）]。他清楚指出作品的客观性从来都是假象，只不过假象自成一体予人错觉。而且意义绝不在作品本身，一句话所传递的信息不过是组成意义的成分，并非就此等同于意义本身，反之意义是读者在阅读过程中的一种经验，因此并不存在固定不变的客体。而他强调读者要重视自己的阅读经验时序，因为由一句接一句的现实经历中，将会构成读者独特的私密反应体会，这就是"读者反应批评"所凭借的基础。只不过他信奉的是精英主义，明言必须是专业的读者才可以进行"读者反应批评"的活动：条件是他必须对构成作品的语言运用自如，而且要掌握成熟的语义知识，更加要具备文学欣赏能力等等。对我来说，附加上的读者条件恰好把"读者反应批评"原先带来的刺激消弭，因为它原先的趣味在于解放诠释的话语权，让所有读者都有参与言说的机会，从而建立不受制约的说法。但对读者的限制，正好反映出提出之人只不过想借助新论来抬高自己——经典文本的意义不再受过去著作限制，但谁可以再添新诠，就是我等专业读者！司马昭之心可以说是路人皆见，只不过此一时彼一时，用来置于球迷参与足球文本的讨论上，或许又可以窥察出另一番趣味来。

有没有"读者反应批评"的球迷？

　　我想用日本 J. League① 的情况来作为观察对象。J. League 自 1993 年揭幕后，一直是媒体关注的焦点，而且日本一向并非是对足球疯狂的国家，它受欢迎显然是一异数。用腓斯说法，日本球迷全非专业的"读者"，入场目的殊异，对场上发生的一切甚至没有能力去作出判断。事实上，在 J. League 首季的赛事中，惹人发笑的场面不断出现，由裁判水平低劣以致球迷跑入场内抗议，到球迷不懂球赛规则因而胡乱投诉（是的，的确很多入场球迷不明白什么是越位陷阱），按理而言他们应该不具备"批评"的条件。然而正是这群"无添加"的群性球迷②，为日本的足球文化，增添了与足球大国别树一帜的独特色彩。

　　作为"批评"的具体实践，可见于来 J. League 发展的外籍足球员身上。有原先效力英格兰西布罗姆维奇的球员到日本投效广岛三箭后，发觉自己真的不明白当地的足球文化——"当在主场被击败后，主场球迷竟然仍拍掌支持我们回更衣室，在英国肯定被球迷臭骂一顿了！"而这正是 J. League 的奇妙之处，日本球迷追求的是和谐而非敌对的气氛，甚至有主场球迷看到对方球员射失十二码，在高兴之余同时也大呼刽子手名字以打气安慰云云。或许正如莫菲特（Sebastian Moffett）在《日本规则》(Japanese Rules——Why the Japanese needed football and how they got it) 中的分析，日本球迷强调集体责任的意识，其中预设了一旦生事惹麻烦，就会破坏所属团体的名声，这一点较影响个人声誉来得重要得

---

① 　J 为日本足球职业联赛。
② 　事事集体行动的球迷。

多，所以要表现自己是理智及友好的球迷，对球队以及球迷会均来得十分重要。套用上"读者反应批评"的拆解，我认为最有趣的部分不仅在于任何人也有发言及诠释权[这一点后来自然在费斯克（John Fiske）的著作中得到莫大的启发]，更重要的是"批评"不一定要回到场上发生的"文本"——对那一场正在进行的球赛解读，原来不一定占最重要的位置！甚至可以说，日本球迷的热烈乃至疯狂参与，其实旨在产生足球以外的附加意义的解读上。既可作为青少年学习群性教育的文本，甚或借转播球赛作为"可视"的文本，来提供一次学习自由奔放表达感情（却又不违法则）的公开试炼——尤其在女球迷数字一向偏高的 J. League 中，把家庭及职场中的压抑带来球场作公开的宣泄，成为一种借力打力的最佳情感爆发契机。"批评"的意义生成，正好拥有无限的可能性。

操控的反应批评

只不过凡事都可以有两面，刚才提及日本女球迷的参与例子，改变了一贯作为文本的足球文化，但现实中也有人刻意通过改变"读者"的成分，从而尝试去制造出企图想达到对文本的新反应批评来。这一点在英格兰经历著名的希斯堡惨剧后最为明显，随后的泰勒报告（Taylor's Report）表明想降低惨剧再现的可能性，尽量吸引女球迷入场观赛是一积极有效的手段。事实上，部分球队在这方面取得优越的成绩，如据统计宾福特的入场球迷普遍有 20% 为女性，由此自可降低球场内发生暴力事件的机会云云。

我想指出这种企图去操控读者成分，从而去改变"批评"结果的策略，当然不可能是我们原先肯定的自发性"读者反应批评"模式。而且世事往往不由人作全然把弄，意大利球会 Regina 的疯狂恶棍球迷组织中（Ultras），有一名头目就是女性！读者反应自有生命，总有衍生发展的动力存在。

关于5·25的文本分析

——以利物浦对 AC 米兰的欧冠杯决赛为例

当我一次又一次重温 2005 年 5 月 25 日绝地反击扣人心弦的一场欧冠杯决赛，且尝试暂时先放下自己的死硬派利物浦球迷身份，便愈发感受到内在的浑成结构及神话原型人物的投影，竟然历历在目清晰有序。其中结构上的工整程度，委实叫人不得不怀疑背后有上帝之手在策划编写。

对称的结构形式

那当然并非指双方均在上、下半场的极速时间内，完成了入球的任务（AC 米兰在半场前的数分钟内连入两球，令所有人均以为利物浦早已跌入万劫不复之地，而利物浦又可以在下半场的 11 至 16 分钟之内，完成了不可能的挑战——连入三球扳平）。我承认有某些对称的形式出现，可以有浓厚的人为因素在内，最明显为下半场 9 分钟因特拉奥雷在半场甩球，导致海皮亚要用超技术阻止对方锋将单刀，理论上那绝对可以用红牌直接驱逐出场，但因为球证没有作此裁决，所以继后加图索在禁区内以超技术拉倒杰拉德，虽然被判罚十二码却仍得以不用出场，便可说人为地有迹有寻。其中尤其重要的关键对称，在于双方所入的第二球——AC 以为可以一锤定音，而利物浦亦激起翻生的澎湃热情。上半场 38 分钟克雷斯波的入球，当然来自绝妙的反守为攻，但重点为马尔蒂尼在禁区内先犯了手球，阻挡了加西亚的传球，致令舍甫琴柯可以极速杀入利记底线传中制胜。同样类似的结构，于下半场重复出现，斯米切尔的禁区外远射固然是神来之笔，然而在他到脚前的一连串传球组织中，利记早已有人犯了越位！从球赛上的画面所见，旁证的越位旗其实一直没有放下来，直至越位球回到中线而又辗转落在利记球员脚下才不了了之，最后斯米切尔就成了最大的得益者。以上预设不来的逆转结构变化，正是旁观者想像不来却又最为令人津津乐道的趣味源泉。

事实上，从 120 分钟的整体结构布局来看，基本上沿着体力→技术→体力→技术的流程运转。开局后利记一直企图用体力去压迫对方，但囿于在上半场初段 AC 的元老兵团仍体力充沛，所以才不为所动，而且逐渐凭借技术上的优势把利记玩弄于股掌之上。最明显的例子是 9 分钟，皮尔洛伙同舍甫琴柯及西多夫等人，一直在利物浦的右后防位置又插花①又后脚不断互传，而利记球员就如丧家之犬般左扑右扑状却又触不到一块波皮，充分说明了彼此的个人技术区别，所以当克雷斯波在完传上半场前的数分钟连下两城，基本上一切均早有预警（由加西亚的胸口护空门到舍甫琴柯的食诈糊②）。有趣的是，当下半场又重复上半场开局时的布阵安排（当然利记有强化了压迫性打法的调动，改踢 3—5—2，用哈曼替芬南，增加一名中场来取代后防），我们看到此一时彼一时的逆转效果。AC 的老人防线开始漏洞百出（四名后卫中最年轻的一位是 29 岁的内斯塔），失第一球完全没有人看管杰拉德，更遑论第三球要依赖加图索一直由中场三闸线追回来补位，最后犯上天条告终作结。从荧幕所见，我最深刻的印象是在下半场的头 20 分钟内，无论镜头拍摄球场上的任何位置，差不多最少都有 6 名利记球员出现！换言之，他们的确是用激爆（非常勇猛）的体力，去营造古来征战几人回的壮烈效果，

①　指利用个人球技在球上左穿右插制造假动作以及骗过敌卫推进。
②　指入球后才知道自己被判犯规在先，进球无效。

也因而令到 AC 在 20 分钟内控球指数陷入至低点。但也因为引擎的能源有限，所以在利记追平之后，球赛又重新回到由 AC 主导的原点，形成一个回环往复的均衡标准结构。

捣蛋鬼与悲剧英雄

只不过凡事都有例外才有戏剧性存在。

利物浦由始至终一直留用特拉奥雷在阵中，甚至连哈曼在中场替换时也没有换出这名捣蛋鬼（trickster），委实令人摸不着头脑。先不说同年他早已有施丹式转身的摆乌龙前科，我曾特拉奥雷以 shot by shot 去细读分析整场球赛的 shoot by shoot 情况，特拉奥雷一共有七次的致命式失误，每一次都足以铸成大错，而事实上头两个失球均直接和他有关，而海皮亚已因为前者的失误，被迫先后两次要作出可能被直接判罚红牌出场的拦截（6 分钟特拉奥雷失位，舍甫琴柯直推入禁区，全凭海皮亚冒险把球飞铲出底线）。特拉奥雷在场上所肩负的角色，正好是招惹是非（每次来球到他管辖的左后防必然会有惊险场面发生，而上前助攻又或是在中场驳脚又是断缆的顶头大热①），同时又愚昧浅薄（脚法最不堪入目却又不自量力爱作多余的盘扭）的球场捣蛋鬼。但他令我最深刻的仍是令人难以捉摸的场上转折——如果没有他在下半场 27 分钟为杜德克在左边门柱护上空门，把卡卡在十二码必入的近射挡出，利记要重温失落 30 年的美梦相信仍要痴痴地等下去。而更重要的是双方领队好像均有默契，似乎要让捣蛋鬼安然完成 120 分钟赛事，宾尼迪斯誓死不换

---

① 驳脚指负责把皮球作简单的传交，传给队友便完成任务；继缆，指传球过程中关掉了控球权。

特拉奥雷出来固是一绝，而安切洛蒂竟然在下半场放弃了从右路进攻（对比起上半场舍甫琴柯在右方的如取如携），甚至宁向虎山行在下半场末段开始，用塞尔吉尼奥强攻由杰拉德回来串演的右后防铁闸位置！是的，我认为戏剧性正好必须由连串不可能的巧合串连，才会生出无比的观赏愉悦来。

当然还要有悲剧英雄

作为一位注定要挑战命运播弄的悲剧角色，舍甫琴柯由始至终没有逃避去承担责任。所以当他在上半场28分钟，先尝到诈糊的嘲弄，而AC米兰所入的三球中又没有他的份儿，我们大抵已隐约猜量到当晚的悲剧英雄要面对的魔鬼制约——你一定不可以取得入球。而悲剧性正好在于舍甫琴柯极力去直视命运，我们可见在下半场他与卡拉格不断作人身上的短兵相接，互相用血肉之躯来格剑的惨烈情况。一方面卡拉格不断的抽筋式救球（每救一球便抽一次筋），早已叫人心惊胆跳他有猝死的危机，但从另方面看舍甫琴柯一次又一次的必入之球被对方挡出（最经典的当为杜德克先后两次挡出舍甫琴柯头顶脚踢的小禁区内埋门），我们就好像被迫观赏西西弗斯推石上山的悲情影像。最后十二码的罪人安排，更加是天意注定的悲剧英雄完美结局（其实即使他射入，利物浦仍执着杯耳①射最后一球）。

我得承认在匀称的结构中插入神话角色的球员造像，的确可以增加不少观赏趣味。是的，我绝对同意5·25是一场神迹的说法，只不过看着由人去演绎这一场诸神大战，那委实叫人有生命中不能承受的沉重痛感。

---

① 杯耳，已经把拿着奖杯一边的耳环，意指对取胜已胸有成竹。

作为喜剧的切尔西

当今时今日所有足球员都与名模出双入对，这种魅力场又或是华丽缘的基调已普遍形成之际，媒体上的溯本追源顶多为你扯到乔治·贝斯特（George Best）身上，但其实很多人却忽略了切尔西之所以成为镜头焦点，其实绝非自阿布拉莫维奇及穆里尼奥始，早于 20 世纪 60 年代切尔西已是水银灯下的宠儿，其中正好孕育及奠定下文将会谈论到的喜剧元素。

Showbiz 的母会①

我不是说切尔西的战绩不济，事实上由 1966 到 1973 年的七年期，他们打入了四次决赛及四次准决赛，而且1971 年更称霸夺得欧洲杯赛冠军杯，战绩堪称彪炳。不过我得剖白：那是前电视转播的年代，用另一个角度来说，对全球化以后才出现的球迷往往会把它视之为野史。如果你是一位年轻的球迷，或许会依稀忆起霍德尔都曾经是切尔西的球员兼领队，也曾引入如马克·休斯与古利特等强横前锋，但最叫人印象深刻的始终是一代茅王韦斯仔（Dennis Wise），因此也叫人难以想像切尔西的Showbiz 的根源。

不过原来"野史"阶段才是趣味盎然的日子，20 世纪 60 年代的切尔西董事会中，竟然有名演员及制片理查德·阿滕伯勒（Richard Atten-borough）在内。是的，他就是与大明星史蒂夫·麦昆（Steve McQueen）合演名片《大逃亡》（*The Great Escape* , 1963）的风流人物。更不可思议

① 指始作俑者的球会。

的是，因为珍茜摩尔（Jane Seymour）是理查德·阿滕伯勒侄儿的妻子，于是切尔西的主场便成为明星云集之地。60 年代切尔西的英雄球星彼得·奥斯古德（Peter Osgood）便曾忆述当自己射入第一百球之后，回到更衣室竟然看到史蒂夫·麦昆早已在等着为他庆祝，而他在半年前其实只不过仍是一名砌砖员，一切就好像一幕浮华流金梦（他是唯一在今时今日切尔西官方网页的历史区中，有专文歌颂伟大贡献的过去球星）！还有后来曾经成为《花花公子》封面女郎的 Raquel Welch 差不多每次都来捧他场，一旦她在半场离开，奥斯古德也明言自己也三魂不见了七魄，加上全队人的发型均是由 Vidal Sassoon 执剪——一个粉墨黛绿的浪华时代便由此展开。

喜剧年代的降临

或许你会问切尔西的华丽前缘，和喜剧特质又有何关系？请原谅我是卡尔维诺的信徒，对于喜剧中的讽刺元素，一向特别关注。卡氏明言喜剧中的讽刺作品，必具备道德主义及愚弄嘲笑两大元素。前者永远以为自己较他人出色优胜，在道德理据上占据上风；后者永远认为自己较他人聪明醒目，旁人理应甘被摆弄。我想指出华丽缘的降临，其实正是英联进入喜剧讽刺年代的契机——故事往后便向浮泛表面化发展，正如卡氏所云：讽刺作品抗拒发问乃至发问的态度，结果只会徘徊在暧昧的层次而不可能深化下去。切尔西的浮金年代，正是英国足球由低下阶层运动转型成为名利场焦点的关键时刻，事实上即使当年切尔西一众名将如维纳布尔斯（Terry Venables，就是后来英格兰国家队 1994 —1996 年的领队）及伊恩·哈坎森（Ian Hutchinson）等，都曾被当时的领队批评因贪钱而忘记本份，结果前者因放浪形骸的场外行径被卖到热刺，后者则回头是岸终于在切尔西踢至 1976 年收山为止。其中正好看到道德主义与愚弄嘲笑的同步角力，因此混揉而成的暧昧地带，从而生成对旁观者来说的喜剧感。事实上，当年不少球员聚首一堂在口述历史的节目中，均提到 20 世纪 60 年代的赛期日子中，其实从来没有人去认真讨论球赛战术等事宜，大家都在盘算比赛前约谁去吃午膳，又或是赛后在哪所餐厅出现会被人拍到照片上报等，付款入场的忠心球迷不过是一匹匹的傻驴，为用来背驮他们上名利场的工具而已。

历史不断重复

所以当阿什利·科尔在 *My Defence* 中高调披露与温格（阿森纳主帅）的恩怨，以及对因私下与切尔西接触被罚而深深不忿，我真的不由自主地笑了出来。其实就好像穆里尼奥为马克莱莱向法国足总开火般：直斥马克莱莱是法国队的奴隶！这句说话对英国球迷绝不陌生，因为"more or less like slaves"，乃是 20 世纪 20 至 60 年代不少球员挂在口边用来抱怨待遇低微的口头禅。当然控诉背后的政治正确性，换上由穆里尼奥口中道出就百分百成为讽刺剧场的荒谬对白，情况就如布什面对公众申述美军在海外没有错杀平民同样滑稽。两者的共同因素是在全球化的足球年代中，圈中人竟然仍然没有与时并进，依赖贫乏的想像力去沿用上世纪的修辞（正如我先前所云的"野史"年代），仍把道德主义放在兵家必争的焦点战场上。那当然就是卡氏所云抗拒发问的立场：一旦要问，那么在今时今日占领道德主义的高地，真的还有任何作用吗？

因此对我来说，卡氏所提及喜剧中的讽刺作品，往往被道德主义及愚弄嘲笑所羁绊而不能再上一层楼之分析，应用在足球圈中的观察，我仍心存一种乐观的期待：它仍然是有演化的，只不过口出诳言的道德主义者（主要是班主、领队又或是球星等既得利益者），今天的愚弄嘲笑对象再不是"传统"中的球迷，而是本质暧昧的自身——无论是自知又或是不自知也好。同样浅薄，不过浅薄得来仍可供大家作闲话家常的话题，以慰愈发无聊的看足球岁月。

文学人

序：疑似同门

叶辉　《书到用时》作者
　　香港书奖 2007 入选作家

　　几年前，我草拟了一篇短文，叫做"抛个身出来——剧场社会的全感官接触"，要谈的正是汤祯兆这个"全身文化人"，我想说，阿汤要是生于中古时代的京都，合该是个"京童"（闲游于都市时尚的半熟文化人）；要是在晚明杭州，可能是喜啖方物、逛庙看戏的"市井诗人"张岱；要是在 20 世纪初的巴黎，或许就是本雅明（Walter Benjamin）笔下的 flaneur。

　　那时想，草稿需要"大执"（大修改），关键在于如何将"京童"一词的贬义消解，使之变成中性；思之疑之久矣，所以一直没有"抛个身出来"。近日翻阅，倒觉得没必要修订——尤其是一口气读完"文学人"名下的六篇文章，我想说，我跟阿汤是同门，想深一层，才改了口风，改为我跟阿汤"疑似同门"——只是"疑似"，损则损我，益则两益，声明在先，那就不必避忌什么了。

　　我当然对评论谢晓虹、王良和、罗贵祥的三篇文章印象深刻，那是为"诗研社"的研读对象而写的，我可能是第一个读者；SO black 以"拆字（母）"游戏解读谢晓虹小说集《好黑》的电影语法，那是极有洞见的，"同质异体变形术"（polymorph），我读毕即向阿汤大呼"my goal"——那是比利评述足球赛的口头禅，老将精彩入球称作"my goal"，赞誉别人不无自我抬举之嫌；论王良和《鱼咒》的"合体"（coniunctio）及其变奏，简直是作客占了 75% 控球赛（谁是主场？还是一个"我"字算了），说到"疯癫"部分，也许无暇兼顾临门一脚了；论罗贵祥诗从早年的"镜像时期"说到晚近的"现在进行式"
(present continuous tense)，乃至"父权"思辩的"过去完成进行式"
(past perfect continuous tense)，至少可以让我半球；这两篇文章的深层
阅读功力有若"移魂大法"，在我看来，如此这般的解读心法，正是
从"以太穿梭"(ethereal jaunt)过渡到"以太化身"(etherealness)，这
些魔法容或不是各门大派认可的正道，在我眼中却是民间论述的
正果。

讨论黄碧云、苏珊·桑塔格（Susan Sontag），也许不免有"水
尾"之感①——将黄碧云紧扣（或背向）"香港"而读出"三重"流
离，将苏珊·桑塔格归纳为文化名牌（及其消费）而读出"及物"（或
介入）的"旁观者美学"，不能说没有新意，可两篇文章的可读性不在
于新解，倒在于高度概括的历时阅读；这一点，我觉得非常重要，并
且可以在"所以美好的爱情埋伏"见出端倪，将新锐新作"插接"到
西方的"情欲书写"，正是 cut-in 的范例（见*SO black*，其中以 C·
Cut-in 与 K·Kinestasis 两节，最是深得我心）；那是说，深入解读而游
刃有余，始能见出一位评论家身兼资深"历时读者"的创作精神，他
正好示范如何打开他的"任意门"(dimension door)，如何施展他
的"摄能大法"(energy drain)，遂得以借外能为内能，化"水尾"为
神奇。

这"任意门"，正是我攀附阿汤为"疑似同门"的缘起，所谓"同
门"，也许可以理解为"同属无门"的缩写，此所以"京童"就"京
童"吧，不必修订了，此所以攀附就攀附吧，省气省力。

① 指高潮过后的回归平淡的阶段。

那么，"无门"又是什么？你说什么就是什么好了——本来还可以闲逛迷途千来字，可是字数快超额了，便借慧开禅师三段语录来收笔——

其一：山门疏。遇家里人。说家里事。

其二：大事管你不得。小事各自担当。

其三：赞叹无门。也是这个。骂詈无门。也是这个。

SO black——关于谢晓虹的电影语法札记

S. Jan Svankmajer (Slapstick Comedy)

　　谢晓虹于《好黑》中，唯一直接道出导演名字的篇章乃《风中街道》，附于版面空白的地方——那就是史云梅耶，一个捷克的超现实主义导演。她提及那一年的香港国际电影节，看他的作品后有叹为观止之感。我其实与她深有同感，那一年是 2002 年的第二十六届电影节，史云梅耶是当年的焦点推介导演，往后我一直尽可能去搜寻他的其他作品欣赏，幸好得到不少动画迷的高手友人指引，才逐步了解他神秘诡异却又荒谬奇趣的世界。

　　对于史云梅耶的创作世界，在此不是我想讨论的范畴。只不过我认为他与谢晓虹互通声息的内在脉络，是对传统"闹喜剧"（Slapstick Comedy）的变奏新诠。所谓"闹喜剧"，有时会被称为全武行喜剧的电影形式，在默片时期曾盛极一时，到进入了有声片年代才渐趋没落。"闹喜剧"最初集中在追求滑稽的动作及跳跃的构想上，于是一旦出现了有声片，便被伴舞的音乐电影慢慢取替。"Slapstick"英文的典故来自一副由两块木头组成的拍板，拍板在演员上一打，就会发出巨响，此原是剧场上逗趣的噱头。一代笑匠如卓别林、基顿（Buster Keaton）及劳莱与哈代（Laurel & Hardy），都是"闹喜剧"全盛期的著名演员。这一浪的风潮想不到于 20 世纪 60 年代，又在一众影人在重新认识影史的过程中，再度发掘出"闹喜剧"技法的多变性，从而把部分的传统元素渗透入个人作品中，雅克·塔蒂（Jacques Tati）的《我的舅舅》（*Mon Oncle*，1958）便是重新起步的标志之一。当年不同人都爱把"闹喜剧"的风格融入自己的作品中，其实是看准了其中的颠覆性。表面上在热闹搞笑的场面背后，往往带有深沉的反讽气息，就如在卓别林的《摩登时代》(*Modern Times*，1936) 中，他在"闹喜剧"的技法中融入深沉的反思，显示出一种极为荒谬的以乐衬悲效果。卓别林每一个诙谐动作，均源自于他的与人不同，但背后不同的因由，乃在于他人已甘心与机器同化不再自省，而卓别林则仍保留人性的痕迹——例如会因搔痒而"失职"，又会因一刻的执着甚至以身犯险 (进入了机器内部的世界)。我们对卓别林的滑稽动作愈捧腹大笑，愈发见到自己的非人性化 (人性沦亡)，那才是笑匠的最终深意。

　　史云梅耶生活于捷克，自然对政治讽刺的议题十分敏感，由是也更深明"闹喜剧"的技法，如何可借力打力道出心中的不忿。在他一部名为Byt (1968) 的短片中，一名青年被困于地牢内，且四周长出铁丝来把门扉自动关上。他在房中吃的面包竟然是空心的，而水龙头又可跑出煤块来，瓦斯掣反而出水，把蛋掷向墙泄愤又竟然可穿墙而去。当有人把斧头交给青年自救，于破门后终发现后面还有另一道混凝土造的门墙，一切的搞笑噱头终于得到点明：青年身处的环境恰好是深沉的政治隐喻，在观众看得捧腹大笑之余，其实大家也不过取笑个人的切身情况而已。

> **C · Cut-in**
>
> 　　"插接"是电影中常见的镜头运用方法，指在一个场面中，穿插其他不同的短镜头。通常为了达到某一目的，而插入某个动作或段落中的镜头。它可以有不同的作用，一般来

说多用作延长或缩短镜头间的时间，如一个人弯下身绑鞋带的动作，只要切入俯身及绑带两个短镜头，就可把动作交代好且省下时间。谢晓虹对插接也有一种偏好，如在《旅行之家》中，"我"以为父亲会为自己报复而被皮皮党人削下头发之辱，但在叙述过程中，忽而插接一段"平日总错把父亲为我在头发里抓老鼠的苦差看成他的享受"，从而表明"我"对家人从来都有不准确的误解，也间接解释了父亲后来离队投向皮皮党的因由。后来在"我"在旅途上看到蝴蝶时，作者再插接"巴巴齐少女的蝴蝶传说"，于是当接回现实中与姐姐来到蝴蝶屋的玻璃橱窗前，自然又成为姐姐离开的契机。谢晓虹在此运用插接的手法，基本上沿用强调某一特定人或物的传统用法，描写的仍是故事中的人物或发展情节的一部分，只不过提供了不同的视角又或是观点来对照而已。

一般来说，"闹喜剧"有几项特色而我又觉得与史云梅耶及谢晓虹较为息息相关。首先，它在发展的过程中常出现不幸的意外突变，由是而产生出奇妙的变化来；其次是当中常存有不合常理的特技效果，既从中制造搞笑的噱头，同时又可提醒观众其中非现实的一面来避免过分投入角色之中；最后乃一连串的发展，通常都指向一没有终极似的疑幻方向，大家好像在找不知是否存在的潘多拉盒，仿佛永远都看不清真相。谢晓虹曾提及的《吃人滴滴仔》(Little Otik, 2001)，正好是一神采飞扬的当代"闹喜剧"新诠。其中所安排的突变在于丈夫为了安慰太太，在花园掘出一块木头，并雕成婴孩模样以避免太太忆子成狂，而自此之后

一切便出现奇妙的变化。在导演镜头下的世界，一切都充满荒诞的黑色
元素，如开场便看到街上的小贩，把婴孩放在水桶中逐一掏上来，过磅
后再卖给轮候的一众家庭主妇。而一位色情狂老头在偷窥到大厦中唯一
女孩的裙底春光后，裤身的拉链竟然会长出一只婴孩的小手来！更有趣
的是一切都恍若一出没完没了的诡异历程，滴滴仔成长时的胃口极大，
结果由吃掉太太的头发，到吃大量的肉食，再干脆把送信上门的邮差及
来做家访社会福利署职员也一并吃掉。当我们以为丈夫把滴滴仔关在大
厦地牢内便可中止惨剧，岂料吃人玩意仍继续下去，甚至得到女孩相
助，色诱色情狂老头进地牢供滴滴仔饱腹。最后大厦的女佣充当屠魔使
者的角色，但结局却隐而不现，留待观众去思考……

　　谢晓虹的小说也常充满以上提及的"闹喜剧"特色，如不幸的逆转
安排设计几成了大部分故事的共通点，如"黑猫城市"中纪月的失忆
和"头"中阿树的失头等。至于不合常理的特技设计更比比皆是，"幸福
身体"的自残躯体情况及"叶子和刀的爱情"的砍臂爱情，自然是匪夷
所思的特技巧思。而追寻莫名其妙的疑团，也是"旅行之家"（家族解
体）及"大厦"（那神秘的三姑姐究竟是谁）的主要脉络线索。只不过作
者在娴熟的技巧操控中，其实深明背后的类型转移策略——电影导演重
构"闹喜剧"风格在于恋上它的反动性，谢晓虹同样看上了它的可变潜
力，而"礼物"是一称职的示范作。

B · Blow Up

不要误会，我并非要把谢晓虹与安东尼奥尼的《春光乍

泄》(1966)扯上关系。我关心的毋宁是技术上的"放大"，在电影中乃指通过印片过程，把影像扩大的意思；最普遍的情况是把16毫米的影片放大成35毫米的版本。在《好黑》的编排中，长短故事之间的组合，往往予人"放大"的体味。"来潮"中"我"对阿光的乳房想像，很大程度是以一"残缺者"角度切入；发育健全与发育中的对立，纠合了性的疑惑，构成一别饶趣味的成长心事。但到了"幸福身体"，谢晓虹把相若的性疑惑，同样以少男少女为主角来经营，但一切却苦涩得多。如果在"来潮"中窥看乳房的代价，只不过是友人的一句粗言，又或是随风而逝求自由而去的飞翔乳罩，则"幸福身体"的少年却要付出逐一失去身体及器官的代价，"好黑"是他的终极宿命。这是一曲习残缺的快乐颂歌，而在"头"中，谢晓虹更加肆意张扬对残障美学的迷恋，在父亲阿木的头与儿子阿树的身体接合后，更成就出无人可想像出来的奇妙异境。更讽刺的，是原来一切乃两人的合谋，大家共同去体验一场趣味盎然的历奇冒险。由对残缺的疑虑，到引吭高歌残缺的独有快意，其中又隐然含有一种都市人才明白的SM关系，谢晓虹无误的为我们示范了出色的Blow Up演出。

　　"礼物"固然有以上的特色：故事由三叶突如其来收到礼物而开始发生变化，而且追寻少年邮差的底蕴也成为没完没了的无尽历程，其中也出现大量亦幻亦真的"特技"布局——三叶以为报警后，警察会向少年施以暴力，但下楼去拯救时又发觉一切好像从没有发生过。小说集惊

悚、悬疑、迷离、侦探、黑色、魔幻及荒诞等不同元素，到最后却以柔
情不已的浪漫爱情笔触收束：

"丈夫去世的时候，三叶把八音盒掉进火中陪葬。那天她哭了，凄凄
凉凉的，然而不知为何，后来每次回想起来，那天的哭声之中，似乎总
带有一种轻松；就像她现在回想起，在那天的殡仪馆外，她抬起头来，
看漫天的飞灰，飘飘扬扬的，使那阴沉的天空，添了一种缤纷。"

如果说史云梅耶对"闹喜剧"的重塑有敏感的政治及社会触觉，如
*Byt*对政府高压统治的反抗以及《吃人滴滴仔》中对家庭及邻里关系的
解体讽刺，则谢晓虹着眼的无疑便是个人。前者的"闹喜剧"技法应
用，目的在于带出以乐衬悲；后者却通过相若的程序输入，成就出类型
转移的化悲为喜恋曲。"礼物"在《好黑》的全书布局中，无疑不过是故
事的一种说法而已，然而其中通过不断伤害才可以确认出比较明晰的感
情关系来，很明显也非它的独有色调，只不过在其他篇章中可能有更繁
复的技巧修饰包藏罢了（如"叶子和刀的爱情"、"头"及"黑猫城市"
等等）。套用一句老歌：爱到分离仍是爱——但倘若从未分离大抵也就谈
不上爱了，好黑。

K · Kinestasis

"静照组合"（kinestasis）源自两个对立的希腊字：kine是
运动之意，而stasis则为静止之意。在此表示于电影中放出不
同的静止影像，它们在画面内是不活动的，但因为通过放映
机的播放，于是呈现出另一种的韵律来。近年香港观众深爱
的韩国电影，对此法的掌握可谓深谙得道。许泰豪的《八月

照相馆》利用韩石圭自拍一场，与灵堂上的遗照作溶接组合并列，固然是一干净利落的含蓄安排。至于《JSA 安全地带》中以一帧相片收结，只不过透过镜头的游走来道其中历史的讽刺来，更加把静照美学的意想不到效果发挥得淋漓尽致。谢晓虹在《好黑》的编排上，于大部分的篇章前后均会加插一小段文字，如"礼物"为"他们最讨厌我／常带一瓶一九八二年／下午烧的开水"；"风中街道"为"那一年有一扇窗在旁边／窗里的孩子／在深谷处玩一种游戏／听说最终一个／也不可能起飞"；"黑猫城市"为"仅仅为了继续存在／我们必须任由怀念堕落成球体／记忆参差生长／直至发展出各种无法辨认的形态"。对我来说，它们正是作为全书整体上的"静照组合"。我无力也无法逐一去说明它们的意义，而实情也不想勉力为之。只不过想提的是差不多所有的"静照"文字中，都环绕误解、失落、自我消解、求存的委屈、虚假的应对等存在处境的困窘而来——我们不是没脚的鸟，因为大家从没有起飞。

O · Francois Ozon

(Flash-back／Flash-forward)

拿起《好黑》，想起法国新贵法兰索瓦·奥桑几近为合理不过的自然反应。谢晓虹的小说至少有两条明显的线索，和奥桑的电影有密切的关系，一是"关于我自杀那件事"，那场亦幻亦真的自杀／他杀的迷离游戏，怎叫人不想起奥桑于康城惊艳的《泳池情杀案》(*Swimming Pool*,

2002）。其中曲折离奇的命案以及消解真相的叙事技巧，都不期然有所暗合，而且谢晓虹的应用只会较奥桑来得更诡谲多变。只不过当我想深一层，才发觉两人的共通点或许不在刚才提及的表面雷同上，更进一步的联系应在于对"倒叙"（Flash-back）的颠覆性运用。

Left Bank Group

"左岸派"是 20 世纪 50 年代出现于法国的一个电影导演集团，因成员均住在巴黎塞纳 - 马恩省河左岸而得名。他们当中有阿伦·雷奈（Alain Resnais）、沃达（Agnes Varda）、克里斯·马克（Chris Marker）、杜拉斯（Marguerite Duras）及格里耶（Alain Robbe-Grillet）等名人，分别是新浪潮的中坚导演及现代派小说的猛将。他们惺惺相惜，互相为对方作嫁衣裳，如杜拉斯及格里耶分别为阿伦·雷奈写《广岛之恋》（Hiroshima, Mon Amour , 1959）和《去年在马里巴昂》（Last Year at Marienbad , 1961），都是划时代打破传统电影语法的经典作。

"左岸派"的作品特色是把重点放在人物的内心活动上，而对外在环境则采取记录式的手法；同时强调细节上的雕琢，抗拒即兴的风格。这些风格特点也恰好为谢晓虹的基调所在，在"风中街道"中我们很容易看到作者对外在环境的仔细布局，以及与人物主观心理时间的交融互渗，经混揉后便出现真假难分的一种气息来。当作者把凝视对象锁定在老鱼贩身上时，便立即由外在环境跳入他的内在世界："然而这熟悉的街道在夜里却也常常变得异常虚幻。像在毫无防范下一闪而过的银色电单车，在尖锐生涩的声响中，鱼贩感受到生命的真实感正急速远去……那一堵灰白的老墙，也可以无端的一再生出一只奇怪的影子，仿佛一个倒栽的身体，长伸出一只手，张开尖瘦的手指，要在空中抓住一些什么。"谢晓虹强调的是每一场面中的细节，反而场面与场面之间的联系往往予以淡化，给人随意流动的感觉。我联想到这一种安排，和中国画不好讲求逻辑思维，而往往爱把不同角度的视点同时置于同一平面中的习惯，有某程度的共通之处。我们看到的山水画，正好常常用云雾来把不同角度的局部描绘接合，否则也不会予人"横看成岭侧成峰，远近高低各不同"的印象。我们在阅读《好黑》的小说，往往也在不同的细节中游走，如穿梭于"风中街道"里不同人物若即若离的关系网中。因为关系不确定，于是在阅读的物理时间中，读者随着时间的推移所积累的思考"厚度"，也以递增的倍率添升，至终必然进入迷离的幻境，正如看"左岸派"的电影相若。在"风中街道"中，林先生也进入了电视剧的世界里，现实与文本的疆界被打破，事实上警察与他的对话也益发亦幻亦真，主观的心理时间已经与外在的物质秩序混淆不清。"这街道安全了，林先生欣慰地想"，究竟是因为老鱼贩已被抬上救护车，还是林先生已完成自己的南柯一梦而"安全"，大抵谁也不能说清。所有人物都沉醉于自我的主观幻想时间内，任由思想过分地去袭击外在的现实理序。

　　一般来说，在传统的电影语法中，"倒叙"的应用通常与悬疑类片有密切关系，往往置于结局作释述真相的解魅之用。较为简单的用法是拍下人物的近镜，然后接入主观的倒叙回忆片段；当时也有复杂的营构方法，就如法国新浪潮名将阿伦·雷奈的《去年在马里巴昂》，便干脆把倒叙中的过去时空，与顺叙中的现在时空几乎以毫无区别的方法予以同时展现，成就了一代传世之作。奥桑及谢晓虹两人对倒叙的采用固然不囿于传统的局限，而成为一颠覆叙述真相的手段之一。

　　《泳池情杀案》最著名的倒叙场面，自然是仙妮亚（Ludivine Sagnier）向夏洛特（Charlotte Rampling）表白杀人的一幕。表面上这一场是把两人由对立拉回成同一阵线的转折点，本来前者因年轻貌美而引致后者生妒，但因杀人的突变而触发了后者的悬疑犯罪小说作家本性，于是从而展开两人合作毁尸灭迹的历程。

　　表面上倒叙一场把先前的疑团逐一加以破解：那天早上夏洛特醒来所见到的景像，由泳池被胶布封盖、地上遗下血迹乃至千里迢迢往另一小镇寻找仙妮亚一家的秘密，似乎于片段中都得到解答。前一晚仙妮亚本来在泳池中为方克（Michel Fau）口交，但经蓝萍从露台掷石下水池以致不满后，方克忽然拒绝了仙妮亚且表示要立即离去，而仙妮亚因一时接受不来而乘方克穿衣之际，举石把他谋杀。本来这一场暗中带出一逆位反讽来，因为方克对夏洛特有好感，所以才拒绝了仙妮亚的示好交欢，换句话说即把因妒成恨的主客位置互易来产成突变。但联结起电影最后一幕的釜底抽薪构思来观看，才叫人明白到奥桑这一倒叙场面的用心。在电影的结局中，奥桑拍下夏洛特眼前的仙妮亚，原来是一满脸雀斑的胖女孩，和电影中一直出现的青春美女有天壤之别。在与观众开一大玩笑之余，也道出先前的倒叙场面孰不可信。事实上，因为最后这一招，令到先前夏洛特当天去寻找凶案线索的追踪也出现更多疑团（小镇上的侏儒女形容仙妮亚"非常美丽")。由此推想，倒叙场面作为修饰美化剧中夏洛特形象的作用（乃至对应为电影内提及的小说文本），更呼之欲出：她既为少女所妒，而且头脑冷静，既充当侦探（查出凶案），同时又成功掩饰了一切罪证（化成共犯），简言之就是一次扮演上帝角色（play God）的示范作。

谢晓虹在《1130 号巴士》中，同样有对倒叙的精彩发挥。小说中的"我"在叙述过程中，一直流露对流动风景的偏好，在脑中留下深刻印记的是发廊前三色不停转动的玻璃箱、经过土瓜湾往新界去的巴士，乃至明言"喜欢"姑母家中的电风扇。在乘巴士的旅程中，有时她会插入以下的倒叙："有时，我其实不过是在发呆，想起姑母家那电风扇，不停在旋转，有一只苍蝇，在那里萦绕不走。后来我想，其实那把风扇从不吸引我，我只是常常期待它停顿的一刻。"我本以为它在强化小说中的"我"对动态景物的钟爱设计，但与奥桑对叙事手法的娴熟把弄相若，谢晓虹于故事的结局同样来一次彻底的解构，把先前的一切推翻：1130 号可能永没有存在过，甚至连有没有一个妹妹也未可确认。于是我才明白到谢晓虹利用倒叙安排，与读者所作的一场玩笑。重提旋转的风扇不过是一幌子，重心在"其实那把风扇从不吸引我，我只是常常期待它停顿的一刻"上，当中道出动中之静才是最大的力量源泉。为什么？因为静境中的空想才是创作的喷泉，故事中其实已有点破："我记不起到底我们常常到姑母家做些什么，但在回家的车上，我总是累得睡着了。"由入睡到所带来的梦境空想，那既可以是甜蜜的少女心事（想像伏在男同学的腿上），又或是颤栗的惊魂（姑母下毒），只要虚守无间，一切故事都可以复述到天荒地老成为天方夜谭的世代传奇。

在奥桑及谢晓虹的世界里，往事并不如烟，而是雾中风景，每个人都有置身其中的林中步法。

更有趣的是，两人在处理悬疑的布局上，也同样对"预叙"（Flash-forward）情有独钟。"预叙"指在情节发展中把将来发生的事例预先描述出来的叙事手法，通常用来预示情节发展中的关键点。由于预叙和影片的主要时间流程往往处于暧昧不清的关系，所以时常可提供一种神秘感，当观众看到影片发展到预示的场景或镜头，才会想起先前曾出现的画面是预叙的运用。最近的两出较为出色的香港电影，均不约而同对预叙的应用有娴熟的处理。尔冬升的《旺角黑夜》(2004) 开首的钱嘉乐及方中信对话，提到不一定有缘才可以相聚，有孽也可以的一场，正是后来在追捕吴彦祖又再次落空后的感慨叹喟，也是全片的关键讯息所在。又如郑保瑞的《爱·作战》(2004)，陈奕迅在盲打误撞入了工厂大厦寻回失车后，忽然遇上一大伙悍匪持枪和警方对抗，导演正好使用预叙的技法，把一连串在场警察中枪倒地的镜头，预先插入对峙的场面中，来预告了枪战的终局。以上均属于传统意义上的正色预叙用法示例。

但预叙落在奥桑及谢晓虹手上，同样又化成为另一种有趣的演绎。奥桑的《失魂家族》(Sitcom , 1997) 是他另一出著名的异色作，通过父亲养一头老鼠而导致性情大变，从而披露一家人荒诞离奇的诡异关系。当一家人发现相处上出现隔阂之际，母亲建议一起参与家人关系的修复课程，以求重拾信任及默契。有趣的是，当一家人完成课程后，父亲再度如常上班，回家进门发现大家早已齐集准备为他庆祝生日，他受不了这一种虚假的人造色素，终于拔枪把所有人射杀，然后再吞枪自尽。这一场俨然以预叙的方式暗示了发展方向，但趣味在于当镜头接回入屋前的场面，奥桑和大家来一场玩笑，把父亲与家人的位置互易，由家人从外回来，而父亲则在家等候来重现片段。一家人回来发现找不到父亲的影子，最后才在房中见到他已变成一头大鼠妖，甚至想咬死所有人。到最后经过一家人的同心协力，结果由不良于行要坐在轮椅上且曾勾引父

亲的女儿把大鼠妖刺毙（弑父），而且众人在为父亲办的葬礼上均喜气洋
洋，仿佛终于放下了心头大石重获新生。奥桑对预叙的巧思是一方面他
恪守了本质上的预示功能，道出了父亲要杀死全家的意图；但同时又加
以易位消除个中的规律性，意图杀人者终为人所杀，更深刻的是一人之
死反而成就了所有人的解脱（相对于先前同归于尽的结局），而且进一步
道出问题所在原来不在家人的伪善，而是父亲的自我异化身上。一石数
鸟之功，通过一场预叙便可手到擒来，充分说明高手出招的干净利落。

Animal Performer

　　动物演员（Animal Performer）一向是拍摄电影中的"禁
忌"对象。一般来说，动物与小孩正好被视为两大难缠的摄
影客体，导演一旦能对此掌握自如，当被尊崇为"大师"的
位置，以小孩电影为例，伊朗的阿巴斯及日本的清水宏，正
好不约而同因长于此道而被世人奉若神明。至于动物演员，
一向叫人更加头痛，因为它们不可能完全按照导演的指示
去"演戏"，所以很多时候均要靠电影技巧来补救（如利用剪
接把动物跑向主人接成为奔往某一角色去），从而把胶片中的
虚幻世界加以合理化。作为一文字的创作者，谢晓虹固然没
有现实中的导演烦恼，可是有趣的是，她着眼的往往不是动
物角色的生貌而是他们的死相，又或是通过死相来道出生灵
来。若视之为一种"方法演技"去理解，我倒认为乃非常别
致的构思切入点。

　　如果嫌《黑猫城市》中黑猫的死相仍不够钜细靡遗（"垂死挣扎的猫在半空里舞着爪，但喀勒一声，脖子已被扭断；或是另一些手执扫帚拖把的，会对准猫的头部，狠命地挥去，猫的脑骨迸裂，血液掺和略带点粉红的脑浆溅了一地，在黑夜里漫开一种带腥味的华丽"），则"风中街道"里壮烈牺牲的活鱼便更有一种我不入地狱谁入地狱的崇高感了（"林欣看着老鱼贩熟练地削去绚丽的鳞片，剖开鱼肚，拉出青黄色的一些什么，然后把鱼像垃圾一样掉进一个黑色胶袋中"）。我认为谢晓虹不厌其烦去反复细述动物死相，乃一种"自杀装置"的变法。在《少女米米之狼来了》中，米米吃掉狼而最终长出狼相的逆反结局，固然与奥桑的《失魂家族》有异曲同工之妙，但更重要是由杀狼到成狼的蜕变，本身已暗含一物我同体、主客为一的意含。

　　这种同一性，于"甲甲"有最清楚仔细的说明。"我"提到在中五会考的那年，全凭每晚到深夜时分，均进厨房把甲甲杀过"片甲不留"来熬过："也许，是甲甲的死维持了我那段时候的心理平衡，使得在香港教育制度下的我不致发疯。"——那正是一场利用他杀来代替自杀，以成就个人新生的示范。在故事中，"我"和甲甲的关系由对立抗衡，演变至敌我难分，已经分不清谁混入谁的阵营里去。由"我"于家中与甲甲作困兽斗，到于沙滩上去堆甲甲求重生——很明显两者的命运已等同，人如甲甲，既走不动也跑不掉。纵然有长出翅膀来的渴望，毕竟现实中仍是"永远无法爬行"的可怜生物之一、受背后的无形之手紧紧操控，沦为玩物一种罢了。如果有动物金像奖，我会投"甲甲"中的全体演员"最佳演出"一票：因为它们会斜斜横过客厅以装饰寂静、会不辨方向乱飞去诉说情绪低落，以及最柔情的精湛演出：伏在沙滩上来点破被遗弃的寂寞。

谢晓虹对预叙的把弄同样叫人不可轻视，我想特别以"关于我自杀那件事"来作说明。在这一篇扑朔迷离的悬疑小说中，固然可以有不少的解读可能，但更吸引我的是九、十四及十六这三节反复叙述策略。本来第九节是后来两节的预叙场面，把"我"和"男"的开房片段，作一情节上的交代，且从中道出了两人的关系。但当看到十四节后，才发现它其实才是第九节的"预叙"，先前的一切乃按十四节中提及的电视剧情节安排来再演一次。"我从沙发上站起来，关掉了录像机及电视荧光屏"，正好点明"我"已经翻看了无数次的片段，然后安排自己成为肥皂剧中的主角而已。一旦重整了阅读的次序，再对照两节于细节上的书写差异，便可发现情节尽管大致雷同，但在第九节中"我"渗入了大量的主观细节在同一场面中——

第十四节
"两条修长的腿穿过男人的臂弯，像分叉路那样向不同的方向伸展。风吹过，窗外的晾衣竹轻轻摇晃着。然后风过去了，一切也就平静下来。"
第九节
"两条瘦削的腿向半空伸展。我观看它们，像在冬天晚上的道路上，抬头观看树木光秃秃的枝桠。风吹过，我期待有一片黄叶飘下来，然

而，最后只有一滴汗水，落在我的脸上。我感到一阵冰凉。这时我仿佛
听到窗外架起的竹棚在索索发抖。然后风过了，一切也就平静下来。"

　　我尝试把两段中一些具对照意味及增添进去的修饰标示出来，来带
出"我"由旁观者（电视剧观众）到成了自编自导的主角的对照差异。
正因为通过文本的折射又折射，我们作为读者其实早已无力区别真假，
但反而在放开了介怀真相的追寻后，才会认清谢晓虹作为一狡黠的说书
人的机敏所在。在第十四段中，女人说了一句："你不要后悔。"而在第
九段中，在"我"的叙述下，两人的对话仅止于男的说了一句："我爱
你。"想不到一切来到第十六段，她才把前两者结合成为终局的预叙。
在第十六段中，我们既看到男人的肉麻情话："你要答应我，千万别再作
这种傻事……"，仿佛同样是来自电视剧的对白。但"我实在不忍心看
你这样"的幻影，也是第九段中自我美化同一逻辑推衍的想像对白。于
是电影剧的文本，与自我创制的文本，到此已纠缠不清。是的，"男在离
开前瞥了瞥化妆台上的一瓶安眠药。我觉得那个瓶子其实是他刚放在那
里的"，就是那个神经兮兮的叙述者了。这一笔固然呼应第九段中，
"我"对所有事皆冷热并置的怀疑论者精神：前一刻仅听男的脚步声便已
感到他在自己体内，下一刻望着身处楼下的他便已恍如陌生人。但更重
要的是如此收笔既响应了电视剧的文本（第十四节），但同时又改写了结
局（到底是谁不要后悔呢?）。事到如今，大概我们都不得不承认奥桑和
谢晓虹都是难缠的说书人了。

《鱼咒》的"合体"与疯癫

王毅解读《鱼咒》时，很清楚指出它于叙事时间上的特别安排：简言之，便是小说结束于开始的地方，那么所有的其他部分，严格来说都属于回忆的部分。而又假若把划分的界线作宽松一点的理解，把我和妻子的相处部分看成为"现实"，而其他才是"回忆"的话，则又会得到另一有趣的启示：一直在"回忆"部分出现的人物，大部分均不存于"现实"，尤其是构成小说重心的金锋及作为引路人的两个弟弟。在妻子提醒我要在星期天回家吃饭的片段中，唯一涉及与"现实"时空交接的是我的母亲及三个姐姐，而一直在叙事中穿针引线的弟弟赫然人间蒸发，更遑论其他如走马看花般出场的浮世绘式人物。

在区分了"现实"与"回忆"（其实不过为权宜之计的名目表述，下文再作析论）两端后，我想重组一下小说对后者的营构脉络。那便是一种"合体"（Coniunctio）的变奏，也即是说我和金锋其实不过是同一人的化身，他们不过以影子的框架来成全"自我"与"异己"的对照关系。在小说文本中，最明显的"合体"线索当属我与金锋争论"摇辣椒"的异见上，由是促发究竟是谁养哪吒的更大谜团，才出现以下的重要场面——

金："过去的事情我都记得很清楚。我还记得你的深水炸弹打输了，你趁我撒尿，就把手伸进水里，抓住我的哪吒，你想捏死他。"

我："你记错了，金锋，哪吒是我养的，深水炸弹才是你的鱼。"

金："你记错了。"

我："我没有记错。"

金："你记错了，但你是故意记错的。因为你一直想做我，所以你把我们的记忆颠倒了。"

　　这一场的重要性，不在于其后通过我自述担心被金锋的叙述牵引，而被带入了精神错乱的境地。而是我有意去把本来从属于"自我"（意识）及"异己"（潜意识）的领域混淆，把潜意识浮现为意识层次来作企图修改。事实上，小说文本中我趁金锋撒尿而落荒而逃，而在楼下的鱼店中定下神来，才敢确认自己的历史。然而讽刺的是，在确认的过程中又再一次露了底牌："这时，我清楚地记起，哪吒是我养的鱼，并不属于金锋，我甚至记起哪吒是怎样死去的。""记得"正好是金锋和我重遇后的口头禅，他一段话之中，总有四、五次用上"记得"，那才是正正（恰好，刚好）与金锋两人同体的实证。事实上，在小说文本中，金锋楼下的鱼店一直以异度空间的位置而存在，纵然有所谓的"卖鱼青年"存在，也不过是风景的一部分而已。关键反而是鱼店才是金锋与我两人的私密空间，在"我从金锋的家出来"三次反复出现的段落中，金锋于第二次成为"一个阴影"跟在我身边，而最后一次更确实出现在我的眼前，而迫令我要狼狈奔逃。那本来就是一只有自己可以存在的空间，没有他者的缝隙位置，因为那是只有自己才得悉的秘密领域，所以我和金锋不过为一己与衍生出来影子作对话的想像处境而已。

　　回头先对"合体"（Coniunctio）稍作解说，笔者借用的是荣格分析炼金术中所提及的概念，他念念不忘炼金术中的化学物理转变，换成为精神变化的演绎。在炼金术中，"对立面的结合"是最后影响成败的关键阶段，而荣格正好从古代的炼金图案及画像中，看出雌雄因素结合的终极渴求，这对于心理状态及精神状态的健全十分重要，而且也是人类产生亲密关系的不二法门。《鱼咒》中反复显示出我对雌雄合一的渴望，这正好源生于亲密关系的阙如，由是才成了一着魔似的沉溺追寻。所以我会在发育过程中，幻想自己患乳癌而死；且把斗鱼命名为摔跤手君子马兰奴，来成就一次雌雄合一的人工测试；最后甚至以照镜来与妻子尝试合一（妻子在涂姿上妆，我在欣赏胴体），时刻不忘对亲密关系的掌握——纵然一次又一次的落空徒劳。

当然正如荣格所云，男女合体的雌雄结合是一原型基础，在应用上可以用比喻方式加以引申运用，把主动／被动、意识／无意识、光明／黑暗、破坏／建设与分析／综合等不同对立的二元特质予以发挥。由是反映出原型的多重性，也必须通过正反的结合来建立个人自我乃至人与人之间的统一和谐。《鱼咒》中我与金锋的家庭构成，很多时候正是处于这一种渴求互补的关系。我的父亲是一个平凡上班的受薪族，金锋的父亲是一早逝的海员。大家据说都生于一个大家庭中，我要和姐姐一起回家为母亲庆祝母亲节，而金锋则被迫在兄弟姐妹中流转；我的姐姐负起了照顾母亲的责任，而金锋的二哥则是小说文本中的坏蛋。最大的对照固然在对两个母亲的刻画上，我的母亲刻薄毒辣（诅咒丈夫过马路被车撞死），事事与死亡的意象相关（先杀鸭子后杀彩雀）；金锋的母亲则温柔可亲（把我视若己出，与自己子女一视同仁），而且更是生命的象征（在孩子面前哺乳，六十岁仍然再婚）。

所以如果从心理分析的病理学基点出发，我是以分析者及患者的移情想像来建构出自己与金锋的关系来，当然正如荣格与《移情的心理学》里的分析，将患者个人或原型内容移情到分析者身上，是应该接受，且希望由此而把整体化成意识层面，从而希望可以进一步去体验到深层内容。然而有趣的是，在无意识浮现为意识的转化层面上，所谓的治疗其实并非以线性的路径进行。换句话说，当一方面我在建构虚假的金锋并重析个人历史之际，其中固然有谈及的美化修正想像在内，但亦同时把个人的魔性拓展深化，来成就出镜像的两面可能：它可能确认"合体"以觅和谐，然也可以强调"差异"（此亦是拉康"镜像理论"中婴孩照镜而恐惧油然而生的正色用法），从而把私属的魔性转化发泄在他者身上。

所以大家看到金锋有一个三哥"懵鬼"①，他成为文本的"法定"受虐者，当然他其实也是我的移情转化。在"回忆"中，我一直是母亲的施虐对象，直到大学毕业，才幸免于母亲的毒打。然而在"回忆"的文本中，"懵鬼"既成为众人的出气袋，而且也任打任踢，并无怨言（"这懵鬼铜皮铁骨，打不怕的，打得我手指骨都痛了。"）。是的，正是这种接近超现实的述异手法（永远打不死），通过"懵鬼"想像才得以把成长的压抑宣泄出来。巧合地，当金辉提到"是他自己要死的"，刚好也平行呼应了我长大成人不用再受母亲施虐折磨的日子。如果不用以暴施暴（注意不是以暴易暴，因为"易"代表向施暴者复仇，而此并非我的策划，或许至少在大学以前也不是；而"施"不过把个人的受虐苦况，转移至他人身上，而让自己同样得享施虐者的快感来平衡心理创伤）的方法，来为自己谋求出路，大抵自己便会真正成了一个"懵鬼"，以未能作成长过渡便告终结束生命。

所以在"合体"的过程中，我也在深化内在的魔性，既分也合，亦自救也伤身。如果母亲对生物的虐杀是对我的一种折磨，则我大体更加较母亲青出于蓝胜于蓝。如果我第一次令金鱼丧命乃无心之失，而教万龙身首异处是年少无知，那么把哪吒削肉还母大抵便是事先张扬、惊心动魄的复仇演出。游戏的讽刺地方，同样在于要摆脱恶魔的羁绊，先要成为叫恶魔也望而生畏的超级大魔头！和刚才提及我与金锋的双生关系

---

① 这是小说原教中的一角色的名字，很难译（因为意涵在小说文本上存有多重可能性）；大抵的意思是头脑不灵光的家伙。

可谓相映成趣。因此在小说中当我要喂孩子吃奶，我一不留神便流露出自己压抑下去的魔性（"犯贱！"），要经妻子提醒才懂得把它收藏下去。此所以我不愿回家见母亲也水落石出——因为一不小心自己又会败露出潜在的魔性，纵使今天自己已由受虐者，摇身一变成为施虐者去重新面对母亲。

在此要补充一下说明弟弟的作用：即我的弟弟及金锋的弟弟金辉。在追寻一个心理学的原型过程中，两人是以结构主义叙事中的三维组合去构成运作的。在文首曾提及两人与"现实"完全无涉，连母亲提醒子女回家过节的片段，也完全没有我弟弟的位置。他俨然便是另一个"回忆"中的想像角色——而且是在叙事结构中不可或缺的角色。熟知结构主义叙事系统的读者，大抵都知道其中对三重组合的依存，无论是布雷蒙（Claude Bremond）的三重组合结构论，又或是格雷马斯（A. J. Graimas）就二元结构加上"过渡性叙述"的功能，都突出了在二元结构中的过渡性功能角色。简言之，我可以继续为我，又或是成为金锋，其中总有一叙事功能上的引路人，而在《鱼咒》中显然便以两名弟弟来出任此职。

而两名弟弟也同样起互补的作用，我的弟弟一直在推动叙事的进行，由不断提醒我要去看金锋，到交代知悉金锋母亲已改嫁等，他的作用是要我去追寻下去，所以终于在以为金锋精神失常和他母亲改嫁有关的联想下，我才踏出门坎展开寻找金锋的历程。相反金锋的弟弟金辉则处处以一锤定音的方法中止叙事，把故事的发展在当下一刻停止下来。所以他针对金锋而发的"其实也没有什么大不了，很平常的事情，他自己看不开吧"，以及针对懵鬼而发的"是他自己要死的"，其实都正正把指涉回归我身上。一切的"回忆"其实都不过由我而发，如何去重组其中的人物、如何去编配角色分工，都是我脑海中的玩意。懵鬼要死因为我已通过哪吒削肉还母，金锋失常也不过因为我认为他母亲改嫁是不名誉之事，而强把精神病的罪名套在金锋头上。他们同属叙事上的引路人，负起过渡上的引导角色，促成小说向发生事件又或是没有发生事件的两端波动地继续前行。

然而即便文本中呈现出"合体"及以暴施暴的渴想，到最后我毋宁重堕入福柯的疯癫与文明的对立中。是的，正如王毅所云，我重获野性的呼唤而能再次感触到生命的鲜活及野性。而其中的过程，如果大家再次整理一下，乃先由想像金锋疯癫而来（由我常受骨痛的折磨到金锋肉体上的肥肿），来追求由雌雄合体而生的两极互补，到从中惊醒了野性的冲动，通过再度养鱼作为隐喻，去建立那种由疯癫而促发野性正面生命力的君临家宅。所以最后一段是小说的终极高潮：

你认输吧，它说。我嘴里的空气快要给它吸光了，辛苦地喘着气。这时我看到水面闪着几片若有若无的光。我坐在沙发上，母亲坐在小板凳上，她捉着我的脚，给我剪脚趾甲。风吹进来，窗帘轻轻飘动。阳光有时给遮住，有时照进来，房子明明暗暗的像泛着水影。我躺在母亲身边，她轻轻拍着我的屁股，然后把手伸进我的裤子。我听到她说，我的肉。金锋头发花白的母亲拿着一个勺子，俯身工作，一个头发同样花白的男人走近她，从后把她抱住，拉下她的裤子，她张开口，好像很饿，似笑非笑，露出一只金牙，闪着奇怪的金黄的光辉。她的身子摇动起来，整个鸡场也摇动起来，那些鸡都吓得纷纷惊叫。喔喔喔喔，喔喔喔喔……

"太差了，不及格。"

她呵呵地笑了起来。

其中包含多重想像的综合：一方面先有我化成为绿彩于镜子中的异己对手，而我在衍生成鱼后，终可通过金锋以疯癫作幌子（金锋在小说中和一切生物相处融洽，俨然是它们的一分子），从而重新释放长期潜藏及压抑下去了的原始生命力。只是在第二层的想像中，这一种借疯癫去唤起生命力的手法，其实同时也是惊醒深层魔性的相同途径，也正是我一直刻意想去遗忘及压抑下去的对象，所以我表白甚至记不起母亲的模样，而只以一个词"母亲"代表她。简言之，这正是一种教我回想及激发起以暴施暴冲动的接合点，随时会把自己再度摧毁。而在最后一层的想像中，金锋母亲已成了我自己的化身——在开头他曾以"太差了，不及格"批评妻子的想像力不足，背后指涉为文明的积累不厚（以"像给食人鱼咬了一口"来比喻男性在女性体内的颤动水平不高）。而在结束借金锋母亲道出相同的一句话，披露的则是所谓原始动力的呼唤及惊醒，其实作用也不过属垂死挣扎。无论疯癫或文明两端，都同样解决不来人心深处的孤独及无助的终极感觉。

是的，其实作为读者的大家应早有心理准备，名为"鱼咒"——从斗鱼中去体察生命力的重省及复写，那效用又有多大？不要忘记鱼生活在一个鱼缸中，一个与现实无涉的空间，它无论多凶猛威武，也是在玻璃之内的世界。而我，仍是一个活在玻璃外的活生生人物。即使把"鱼咒"解放，也不见得可重觅新生。

黄碧云·香港

谈这样的题目委实有点自讨苦吃，因为黄碧云在香港文学的系谱中，早已奠定了作为流离文学的代言人身份。"流离"可以有不同的解读层次：一是即使身处香港，也可以自我制造出"流离"效果；二是可以追寻文本历史上的"流离"；三是指在小说中的地域愈行愈远，远离自己的故乡，由是产生委婉曲折的思乡之情，却又不想回家。如果不嫌翻箱倒箧，我想从第一本《扬眉女子》（香港博益，1987）谈起，那是她少数正面释说香港风情的文本，而前后又紧扣一种盛世不再的气息。那是一个时代的命题，在殖民地岁月已进入倒数日子，大家都普遍体会到因时间而转化成心理上的"大限"制约，印象中当年林夕也有散文集以《盛世边缘》命名。《扬眉女子》有三道脉络，我认为她的写作路向——

第一，在"衰亡势"中，黄碧云画龙点睛指出香港"不见死亡的形迹"，是一个午夜一点海底隧道都会塞车的城市，然而也正因为此，"太繁华了，便隐着衰亡势"。回到小说中，她在《温柔与暴烈》（香港天地，1994）便不断为香港的场景注入死亡的"养分"——在一个不愿面对现实大限的社会中，只有以血流满港的手段，才可以叫人重省死亡的积极作用。正因为她抗拒香港的浅薄，所以在笔下塑造出仅存在小说中的沉重感，香港只不过是一借用的"流离"场景，那是刚才提及第一种意义的"流离"。

第二，而在"殖民地风情"一文，她提到"中环极地，醉生梦死。管他"的流金岁月浮华，笔下的香港大学陆佑堂，是"晚上穿靴子在陆佑堂的拱形走廊敲来敲去，整个繁华热闹的香港都在脚下，我每觉意满自得"。衍生于小说中，便生出了如"她是女子，我也是女子"及"盛世恋"等（港版《其后》，台版《她是女子，我也是女子》）以大学为背景的浮世恋曲。那当然是从文本历史上的"流离"追寻而发，与张爱玲《倾城之恋》式的猜猜度度有互通气息之处，而且和施叔青"香港三部曲"刻画殖民地遗情有表面上的接合——但黄碧云显然以"不在意"的态度来对抗以上两人的煞有介事，为刚才提及第二重的"流离"意思注入新义。如果王安忆来香港一览已足以刺激她写下《香港情与爱》，黄碧云大抵早把浮城的实体放开，而把眼光从小说的文本历史，再转移到她认为有死亡气息的天涯海角去了。

第三，此所以在《扬眉女子》中的一系列旅行笔记，正好启迪了两条线索：一是以《我们如此很好》（香港青文，1996）为代表的旅行散文，二是融入小说文本的《媚行者》（2000）及《血卡门》（2002）等，由东京、纽约、以色列、罗马尼亚、波兰、西班牙乃至远赴秘鲁及玻利维亚追踪切·格瓦拉的身影——因厌而生的流离，才是与出生地和平相处的最佳方法（也即是《血卡门》中"两个德国女子"的一种母女关系）。那正是上文谈及的第三重"流离"之意，《我们如此很好》中的"一个波兰车站"正好提供恰当的说明：作者于抱怨波兰对记忆的沉重以及每个人都要花半生去排队之际，才会说喜欢轻浮及缺乏记忆的香港。通过漂流才可以确认对家的思念——"家"不一定要成为实体，作为概念存在已经"如此很好"。

经过以上三重的"流离"寻索，黄碧云终于又回到香港。她着实认真地希望介入眼前的香港去重识故地：其中夹杂回头化身为"灵媒"的《烈女图》（1999）——我认为是借"问米"（通过灵媒呼唤泉下亡魂上阳间交谈的沟通方法）手段，去重述本地数代女性流离经历的奇妙叙述旅程。然后有新作《沉默。暗哑。微小。》，通过个人于律师业及办公室的生涯去捕捉时代脉搏。前者的支离破碎、矛盾、口语化相对于后者的精心设计、凝练、风格化恰好成了一镜的两面，映照凭她与个人历史交织出来的香港面貌。然而在寻寻觅觅背后是"流离"的结束吗？"每天准时九时到达办公室。如果迟到的话，小跑着回去，每天都小跑着，我练就出穿高跟鞋小跑的本事"，当然是办公室的写照；但"内里有耳，只听到静默的声音"则清楚告之那仍是"流离"的黄碧云——和环境永远保持格格不入的状态，只会有机缘巧合的互通，却不会有静止栖身的一天。

是的，大家不妨扪心自问：你希望及想看到的不正是"流离"的黄碧云？如是反照出大家心底里的阴暗面……

阅读桑塔格，学习桑塔格

　　阅读桑塔格，始于 20 世纪 80 年代末期。那时候的动力很简单，因为想知道的文化二三事，大抵在她书中都可找到一种看法，通俗一点的说法是"好抵睇"（很值得阅读）。后来想深一层，才发觉同时也在代入及认同她当年的"旁观者"位置——我的意思是她以美国作者的身分，为我们去重整及切入当代欧洲文化的版图，从而去指出一条有脉络可寻的路径。那时候的文艺青年纵使不一定宣之于口，但心底里对欧洲都有一种文化膜拜的情意结，而桑塔格正好从不同层面，由书本（由加缪到萨特）、戏剧（萨德及阿尔托）到电影（布烈松、戈尔达及阿伦·雷奈等），逐一引领我们进入文化圣域。我得承认那时候有强烈向往文化名牌的冲动，事实上以法国新浪潮及新小说为本的文化霸权，的确黑洞式的神秘感——情况就如香港近年不断塑造 20 世纪七八十年代的流行文化神话（尤以流行曲为著），仿佛要迫使下一代必须要积极自修恶补流行文化史，否则便没有参与及发言权。我们以历时性的处境，去阅读桑塔格当年共时性地写下的评论文章，除了一鳞半爪地分享即场感的幻象外，更重要的是通过她的欣赏消费指引（是的，欣赏文化也是一种消费关系），让我们不致落队，可以保持一种"旁观者"的参与角色。

　　上一代的前辈，或许会拿起摄影机，去学习戈尔达的节奏，又或是去营构本土版的特吕弗故事；又或是更轻便的以笔为工具，书写香港式的存在主义小说。但我环观身边的同代人，更多时候会全情投入去观赏戈尔达、观赏特吕弗，却只会学习桑塔格。那当然与桑塔格早已成为了通俗文化品味明灯的角色有关，她的"一种文化及新感性"、"色情的想像"以及"坎普札记"等，已经成了欣赏流行文化的必备指南。我说"只会学习桑塔格",并没有把桑塔格看低一线的意含,而是在成长的空间中,隐隐然感受到只有跟从桑塔格去建立文化品位解说人的角色,才可以在日益商业化的写作空间中,得以暗度陈仓延续个人的写作兴趣路向。而现实上,第一代的《号外》写作前辈,正好身体力行说明了以上的实践可能。

在策略性阅读桑塔格之时,更深一层的牵引是对"旁观者美学"的反思。上文提及的"旁观者",原先不过指称切入的位置身份,但当看过她的《作为隐喻的疾病》及《艾滋病及其隐喻》后,逐渐便对她抽身反照的理性之光,顿然多一种崇敬之情。我指的"旁观者美学",绝非指冷眼旁观的观察角度,相反桑塔格的文章一向不避个人观照,但冷静的征引思辩与情韵的内在互动,恰巧建立了她个人独特的风格。她的《作为隐喻的疾病》及《艾滋病及其隐喻》,与 Marilyn French 的《地狱之季》(A Season in Hell),有好一阵子都成为我床头的疾病宝鉴,除了知识智能上的启发上,你隐然在反复阅读的过程中,感受到一种作者好像通过文字的思辩力量,和身上病魔恶斗的精神体会。原来要成为"旁观者",先要从审视自己开始,那恍若一种解魅化的过程——过去沉溺于去理解及认识伟大的他者,忽然才明白连躬身反视自己的"旁观"力量也欠奉,那才是一大讽刺。就正如我最喜爱桑塔格的一篇小说《我们现在的生活之道》(The Way We Live Now)(对不起,我得坦承大部分的桑塔格小说都不合个人口味),里面的主人翁患上了一种绝症,但他在小说中却从来没有发言,甚至连名字也没有被提及,而疾病名称也欠奉——可是通过一众友好的回忆,我们又好像从某一特定的距离认识到不少关于他的二三事。它其实是上述两篇关于疾病隐喻文章的小说变奏版,但有趣的地方正是通过注视他人的"旁观",甚至不避嫌地成为"旁观"自己的一分子,才可以发现及披露出其中的种种荒谬意含:每个人都可以充满好意，但结果却叫人不敢想像。事实上，她最后的作品《旁观他人的痛苦》，其实也不过把过去这方面的敏锐观察，重新置于摄影的范畴上再说一遍。到最后，一切仍翻过来指向本质暧昧的自身。

所以美好的爱情埋伏

当袁兆昌告诉我打算在情人节前后，推出"廿九几"①的众人爱情小品合集，脑海中首先浮现的是制作上的诸种约制：那不是要很快截稿吗？农历新年前印刷厂会忙得不可开交，书籍的印刷质素可以不受影响吗？闻说每年农历年假后都是书市的淡季，情人节的出书档期会否成为一次寻找消费者的冒险历程？对不起，那确属非常不浪漫的离轨关怀，然而却跟阅读爱情文类的习惯相若，同样陷入一种功能性的想像之中。

都是卡尔维诺的提点来得一矢中的：在"文学作为想像的投射"之中 (*The Literature Machine*)，他除了指出费耶 (Northrop Frye) 的《批评的解剖》(Anatomy of Criticism) 同样可以看成是文学作品阅读外，更重要是宣称可以用"图书馆"的观念来理解文学的秩序。他认为文学不仅由大量的书籍建构而成，更依赖通过不同符合规格及可疑生伪的作品，同时并存生成差异的纪元和传统，由是交织出"图书馆"的概念来。"图书馆"可以有一定的书目，虽然有时只会环绕一些被认为符合规格的书目衍生下去。但卡尔维诺心目中的理想"图书馆"，就是拥有向外扩展的动力，朝着可疑生伪的书目发展——从语言学的概念去说，就是去发掘"隐藏的书"。对他而言，文学就是去寻找在远处隐藏着的书，而它最终又能改变既知书本的价值和意义。作为一个撰序人，寻找本书的规律并作出引介是我的角色功能，但消解秩序好让作品可以自我言说正好构成内在的另一种张力——恰如书中对秩序的建构和消弭两端，陈志华

---

① "廿九几"是香港一个文学组织的名字，成立于 2003 年，一群年龄介乎廿九几的人走在一起，尝试在出版上作一点自己喜欢的试验，于是有了"廿九几"。无分文字图像，以出版反省创作。推出的书，包括新诗、小说、画集和漫画等。

的"伪恋人絮语"固然勾起我们对数理秩序的稳定性之质疑，而"等"则明显流露出对重复话语结构的关注，通过形式的关怀去建构对题旨的探索，那是对秩序作模拟反讽的出发手段；至于江康泉的"饭气公主"在利用复调结构之余（"专心"及"查证"系列变奏），则力陈扩展性指涉的可能——在侦探、童话乃至励志等不同的虚拟类型的凑合下，爱情正是一种不能定性归位的言说对象。秩序化的书写与疑伪化的画作，就是我借用卡尔维诺而来的"图书馆"观念引申，唯其并存才可令建构及解构的张力互存并生相长相成。

我明白情爱难为且不好说，此所以帕斯（Octavio Paz）在"爱的史前史"中早已断言爱情与诗歌的密切关系：首先是抒情诗歌，然后是小说——即自成风格的诗歌，一直都是爱慕情感的表达载体，其中他更一语道破诗歌乃语言色情化的私密符码（*The Double Flame—Love and Eroticism*）。因为爱情难说，于是具备大量隐喻及放射性指涉的诗化语言，更切合描述爱情的大幻境——而通过身体导向而酝酿出来的语言想像，更不期然产生情色编码，去丰富其中的情欲声色的对照可能。帕斯借罗马内战时期的抒情诗人卡图鲁斯（Gaius Valerius Catullus）指出爱情言说中早已出现三种形态，分别为选择——情人的反叛，反抗——爱情作为越轨之举，以及嫉妒。三者建构出来的规范确有超越时空的指导力量，然而要转化成当下的具体指涉，亚闪闪①对身体的敏锐感性才得以把语言的色情私密符码，与选择、反抗及嫉妒的形态作美妙的混同组合。此所以亚闪闪诗作中的身体意象密度奇高，即使伤得血红带瘀，却总离不开一种暧昧不明的迟疑温柔——以"无声"来结束"因为礼貌"，

① 廿九几成员之一，原名刘芷韵，亚闪闪为笔名，作品有诗集《心之全部》及《1998年夏天结束的时候》。

我认为正好是几首诗的基调意旨，因为难说于是改用身体述说，掏空了语言的发声特性才得以令选择、反抗及嫉妒的界限模糊化。正如卡图鲁斯是一个善用诗歌去完成想像复仇的聪明作者，"因为礼貌"中的温柔杀伤力，才叫我感到字字入心般凝重。倒是袁兆昌却惊人地一致性营造出"误佳期"的事后感性，那是不断地去消解爱情冲突的一种抒情策略，我甚至觉得作者有一种反复通过诗化语言去为诗中 persona（假面）打气的感觉。当然亚闪闪与袁兆昌的并置，可以提供到一种不同爱情阶段的差异述情：前者拒绝放声言说，而后者则对一言一语极为铭心——由诗化的"剪断钟摆摇晃的花"，到日常的"你说我们都稍欠一点点勇气"，组合而成对不同爱情秩序的探讨。

　　如果爱情不难说，那么雷蒙德·卡佛（Raymond Carver）就不用写下《当我们谈论爱情时我们在谈论什么》(*What We Talk About When We Talk About Love*，1981）的名作了，只是他对感情难言的态度其实一以异之，所以我对他曾获美国国家图书奖提名的《请你静一静》(*Will You Please Be Quiet, Please*? 1976）更加印象深刻，在"没有人说什么"(Nobody said Anything）中把家庭中的无声暴力，一步一步推展到魔幻想像的境界，主人翁因为要逃避家庭冲突，于是转移沉溺于垂钓之上，但垂钓的多重奇异想像，却看得人全身滚烫。那或许就是邓小桦的策略：转移视线，放弃对焦——把属人的情爱移植到及物的感思。由脚毛及面油纸所引申出来的自爱反照，到女孩枕边话的棒式讨论，其实全都偏离情爱红心，却又交织出一种回环式对他者凝视的切身关注。而楚亦采用截取片段场景的构思，一连串的爱情创伤，却总是倏忽来去，那更是永劫灰暗，侧写虚妄的爱情书写。

　　卡尔维诺当然知道爱情极难写，也唯其如是才自我挑战完成《困窘的爱》(*Difficult Love*）。在"困窘的爱"系列中的一连串离奇故事中，我认为"诗人的冒险"一回最适合用来致送给一众作者：诗人尤瑟奈利（Usnelli）面对情人黛丽达（Delia）的赤裸躯体一筹莫展、对眼前的大自然不能撰一辞、甚至连一首情诗也未曾写过——然而一旦回归描述性的语调，他对目下一切的人事景物，却思如涌泉生花妙笔行云流水般成文。书写爱情，我想也作如是观：当你去亲近她，总会发觉爱情一定在他方。

唯有我永远面对目前
——现在进行式的罗贵祥诗作

  我想起在 20 世纪 80 年代阅读罗贵祥诗作的回忆，那时候不无兴奋，因为他的诗作提供了一个地道的香港角度，为读者重整日益颠簸以及不太确定的城市变迁，其中尤其关注到媒体及影像之间的观照关系，从而反思究竟人与物之间的互动，究竟有没有任何既定的成规在约制我们。黄念欣在《讲话文章2》中，提到访问罗贵祥的印象是："罗贵祥喜欢反问，拒绝给访者不劳而获的答案。"（香港三人，1997 年，第 213 页），我认为也颇能借用作为形容罗诗的风格描述。其中或以反讽的语言成之："英雄煮酒，好汉宴飨 ／ 长城路远亦不必去了 ／ 慢走啊 ／ 天安门十月 ／ 是坐看烟花的好日子"（"宴客的传统——闻学生会会长上京吃饭"）；或直接对叙述插入多重易位的质疑形成内在对话（《恐龙化石博物馆浏览目录》及《翻译十四行》）；甚或诉诸意象的并置纷呈，来让读者深思组织阅读的可能性（《哑剧支架——观 TRESTLE 的一个脸谱演出》和《诗线条》）。除了深思好辩外，他反思外在环境对个人创作的限制，又可以和香港文学的主线脉络相继接，无论在《十人诗选》又或是刘以鬯、昆南及也斯的小说中，我们都不难发现本地的先行者对社会环境制约文学创作都有或多或少的抱怨，其中如"地铁和诗的行数"及"在报馆内写诗"，都精准地提供了紧扣时代脉搏变迁的受压表白，可以丰富了同一主题的拓展论述。到洛枫以《后现代主义的城市诗学》来把罗贵祥诗作归类定位，直觉上便仿佛可结案陈辞般，完成了一个历史任务的小结（"香港诗人的城市观照"，陈炳良编：《香港文学探索》，香港三联，1991 年 12 月初版，第 145 —154 页）。当然定位的历程不无波澜，其中叶辉先成的"两种艺术取向的探讨——从胡燕青、罗贵祥的诗谈起"，恰好通过对两人诗作的细读，来平衡及带出艺术取向上的殊途同归，以期消弭外界对歧见及派系的误解（《书写浮城》，香港青文，2001 年 5 月，第 200—216 页）。但不可否认的是，当年同步进行的共时性解读活动，已成为我们今天对罗贵祥诗作的历史性参照背景，而且一不小心，就会把历史痕迹凝定为固定的诠释，沦为我们一些不劳而获的答案。

是的，我就是如此粗心大意的读者，幸好还不致制造出饶言的杂音。

提问、质疑、反问

罗贵祥曾经提及，写论文有时一边是学术研究，一边是自我反省的文学创作（《讲话文章 2》，第 204 页）。当我想起他的"几篇香港小说中表现的大众文化观念"（《大众文化与香港之电器复仇记》，香港青文，2000 年 9 月），会否就是"走在没有意象的街上"及"电视中国"的变奏思考。忽然间于 2000 年涌现眼前的一篇"经验与概念的矛盾——七十年代香港诗的生活化与本土化问题"（《中外文学》334 期，2000 年 3 月，第 130—141 页），则叫人联想到他对定性归位的异议声音。在他提出到"本土性"的多重质疑及反问后，终道出个人的立场："本土性的产生，不是意识追求日常性经验的认同与结合，或寻求两者的统一性，而是意识对当下日常经验的距离性反思，通过理解日常经验的殊异性，增加意识中的外在知识，亦从而更了解自己。"（第 134 页）虽然论文是从针对邓阿蓝的诗作阅读而发，却叫人感受到一种自况的意味：究竟什么才是"本土性"？把一个作家的创作和某一标签联结，又有多大的局限省略？外在知识如何可刺激去触发另一次了解自己的历程？好像都可以让我们挪来检视罗贵祥的诗作面貌。

重新阅读罗贵祥的 20 世纪 80 年代诗作,当发觉其中与本土经验若即若离的有意识反思。他笔下甚少出现香港地域性的明确实指(和梁秉钧诗作中大量出现香港地名殊异),有的毋宁是场景的建构:地下铁、电影院、博物馆、报馆、大厦及街道等,而且具体指涉的反而多属艺术对象:TRESTLE 的脸谱演出、荷索的《绿蚁安睡的大地》("城市路标"),甚或是一次"每月诗会"(〈从"每月诗会"的某一句说话开始〉)——我们不禁要问:哪究竟代表了怎么样的一种"本土性"面貌?

文首提及"他的诗作提供了一种地道的香港角度",我是以一共时性的同代人来交代回忆印象,那时候觉得他的诗作切切实实响应了眼前纷呈幻变的本土状况(他更是当年《信报》的编辑,可说是制造那时那刻文化气氛的"同谋者"),只不过粗枝大叶来不及细察背后诗人的深思。如果借用罗贵祥对梁秉钧诗作,所肯定的"发现的美学"(《后现代主义与梁秉钧的〈游诗〉》,集思编:《梁秉钧卷》,香港三联,1989 年 11 月,第 356—361 页)观之,他自己当然也在相若地强调一种进行中的时间经验,而对外物以实实在在的存在刻画来抗拒过分诠释。有趣的是,罗贵祥对外物的关注,其细致敏感的程度往往均存在一种折射的角度,如《古墓搜记》及《恐龙化石博物馆浏览目录》中所指涉的一种前设的既定秩序安排、又如地下铁中的广告、广播乃至乐手的表演(《地铁和诗的行数》及《地下铁的大提琴手》)——它们都不可脱离环境的属性,来让人作自由的"发现"观察。如果我们再看清楚,罗贵祥的提问已利用诗作的不同语言形式加以表达(《翻译十四行》),不妨一看"眼睛的毛病":

你睇唔到喺哩度未曾睇过嘅嘢

你睇唔到一啲你经常喺哩度睇到嘅嘢①

在静默中等待可以阅读的表层。一个男孩

和他橙黄色的恤衫和路过的行人道坑渠和

遗下的小便。

没有任何特别，没有哪些是不寻常，没有

什么由故事或记忆构成。

强调出生地，原产地，生长地，生产地，

生殖地都属本土的艺术家投诉博物馆不展

出他们的作品。

有人在自己的房间里，策划城市的蓝图。

可以住人的大厦走到可以按钮的电梯走到

可以移动的街道和交通。记忆不能停留在

博物馆里。

　　罗贵祥通过充满吊诡性的广东话诗句切入后，再一次借常用的博物馆意象来探讨"本土性"的可能。其中的质疑已进入更深入的层次，"本土性"是否仅在于广东话的应用？语言的应用真有约定俗成的守规吗？谁说广东话不可承载思辨的内容？"本土性"由外在条件决定（地域意识）？还是由内在的本质性建构？如果博物馆代表一种凝定的观照，则谁应被编收？如何归位定性？一连串的问题又将如何解决？但我们自身不也是一直在别人诠释的底本上（由"折射"中去认识外在世界），开始个人的"发现"历程吗？我们在"发现"别人所见的未见？还是真正拥有自身的洞见？

　　①　你看不到这里没有看过的东西，你看不到一些你经常在这看到的东西。

恍如镜像，重读罗贵祥 20 世纪 80 年代的诗作，教我有一种面对镜像的感觉。

镜像时期的罗贵祥

我不知这样的描述是否恰当，但却大胆以"镜像时期"来形容 20 世纪 80 年代的罗贵祥诗歌美学风格。当然有人会自然而然联想起拉康的镜像理论，我实情也无意回避其中的联想关系。在拉康的镜像阶段论中，婴孩见到镜像中的自己，是一个自我初步形成的重要过程。他从中通过"错误认知"（镜中的折射）产成自恋的认同，但也同时"发现"两重的"异己"：他自身的"异己"以及外界的"异己"（如抱着自己的母亲），其中也蕴涵了一种"想像性"的关系在内。从 20 世纪 70 年代本土诗作经验与概念的矛盾走来，20 世纪 80 年代的罗贵祥诗显然在处理人与物之间的互动观照上，有更深一层的犹疑惶惑：眼前的一切固然是当下的实存物，但它们同样是一经历史洗擦过的"道具"，我们活于布满鲍得里亚（Jean Baudrillard）所云的"拟像物"世界，究竟如何可重新"发现"？如何可塑造由不断反省而带出的"本土性"经验？

在罗贵祥的诗作中，充满了一种质疑性的潜在语境，那不能仅以惯常使用的"对话"来形容，因为它指涉的是步步进迫的思辨历程。容我以镜像中的折射划比方，通过面对镜像中的折射，照镜者被迫去开展一种自己对自己，以及个人与外界的双重思考。罗贵祥笔下评论与诗作的映照，通过分析先行者的诗风来摸索个人的路向，固然是追求更了解自己的过程之一。诗作既不断要面对"异己"（不同的艺术对象），也要在相关的主题于相异的场景中去思考通变的可能（环境对本土创作的限制），于是源生于固有文学传统中的叙述者（《在报馆内写诗》的"自己"是从刘以鬯、昆南及也斯小说中走出来的吗?),也成为另一种"异己",从而在重重折射中去建立一个衍化生成出来的自我。

其中颇堪玩味的,是罗贵祥以故意抬扛的语调所写成的三首作品:《从"每月诗会"的某一句说话开始》、《因为没有参与或是错过了我难免有点后生的小气与尖酸》及《他们在说》。那也是一由外而内的反思,《从"每月诗会"的某一句说话开始》谈及的是一次涉及海峡两岸诗人的诗会体验:

> 扩音器背后提出来的问题　哄笑和嘈吵　吃一块云　高声要求反省浅色的虾条与深色的花生　有时未免客套　阅读影印的诗稿　有时又过分亲热使人觉得在矫情　拿石头刮脸　寒暄可不可以像标点般省去　学一只鸟啄食久积的青苔　坐下来听听别人的意见　感情的两岸是拉开了的拉链　把中国茶杯传过来又传过去　沿着墙壁画一个窗　狭小的空间坐满了不同的想法　大腿不停地摆动　在虚无中摸出一张脸　乱拍膊头　认为诗要讲求意象和结构　没有人慷慨陈词要捐起整块路面走路　要不要舒展一下屈着的腿　解开所有的领扣　古典的文字　容纳假日的城市闲逛的游人　在十一楼的天空举行诗的朗诵会　我不再寻找统一的意象

其中带出的错置既包含不同的文学观念冲突、也指涉文学与现实的疏离、同时亦在讨论书本与人情之间的距离限界——罗贵祥总是让问题折射又折射,拒绝提供任何不劳而获的答案。然而他清楚知道要做彻头彻尾的诘问人,首先便要反叛自我,即把诗作中所涉及的历史重构疑惑,由博物馆的比况转入对文学系统的反问,而以不同身份位置的叙述人来发难,于是有"因为没有参与或是错过了我难免有点后生的小气与

尖酸":

> 话说到这个时候好像无新意了
>
> 我的下午阅读着那篇怀缅文章猜疑
>
> 认识的一班中年汉子或女子
>
> 廿年前的下午正在搞些什么鬼
>
> 把烟咬在嘴里不抽将一撮头发拨到额前念
>
> 有英文翻译的香港新诗抑或边扮犬儒边
>
> 呐喊理想还是坚持局处画室不拿颜色涂上
>
> 相信铜版的本质应该是灰的那个衣饰与
>
> 生活同样夸张的时代有汉子要译介远方的
>
> 地下文学有女子要学习第三世界有汉子
>
> 要打倒一切规划信赖错误的美又有女子背着
>
> 行囊以一己的存在忍受难以忍受的轻盈
>
> 日子陈陈汉子女子相因收紧的年代好快变成
>
> 中年友人松懈的腰围或肚皮红酒依旧
>
> 一口一口带着剩余与刚起的愤怒交响照样是
>
> 有女子把过去的历史写成海报有汉子不再
>
> 嚷着将诗染成红色而是游说别个汉子把生活
>
> 写成绿色从此肉明肤净人就不再利落

罗贵祥由外至内的反照,指涉的既是先行的前辈,也隐含对自己会否在将来成为同流者而产生怀疑。于是"他们在说"中的"生命的宽容"、"信实与诚挚"、"慰藉和谅解",究竟是历史的向壁虚构还是实存的情感? 又或是乃历史的沉淀物(有使用期限制),却又不知在下一个世纪中如何重生？那么当自身一旦成了博物馆长，又或是也将成为历史的一部分之际，诗人可以如何述说关于自身的历史？究竟要遗留什么意象来成为后人的前景（如我们所曾走过的路）？反叛外界、反叛先行者、反叛自己，到头来也是了解自己的选择方向。

颠倒了的阅读

对不起，写到这里，当以为正在努力修正 20 世纪 80 年代作为一个粗心大意的自己，才发现从中又折射出另一种可能性来。在陈智德为我影印的 20 世纪 80 年代诗刊资料中，我第一次看到罗贵祥原来也有以下的古典风味作品：

> 若我是花押的恣放
> 你必然如古篆的澹雅
> 不同年代的滥觞
> 玺印各自的方圆
>
> 我虽然诚挚若一叶镂刀
> 却怯于剖白　怕见伤痕
> 削落漠漠的尘埃
>
> ——《篆刻》，《诗风》114 期，1984 年 2 月

那当然不代表什么，而且也进一步说明叶辉原先所云的"两种艺术取向的探讨"，委实源自有方。但我反而想起个人的局限，原来一直在有意无意之间，刻意阅读罗贵祥诗作的某些风貌，以图把个人的论述自

圆其说。更为甚者，是背负一种对理论的既定认识及习尚，来尝试把罗贵祥安放在恰可的位置中，那正是一"颠倒"的阅读过程。我想起最近阅读的《日本现代文学起源》（北京生活·读书·新知三联书店，2003年1月），柄谷行人正好指出日本文学的现代性，正是从一种"颠倒"的历程中开展，在"风景的发现"及"内面的确立"两节中，不断拆解日本或东方在移植源自西方的现代性观念之际，背后蕴藏概念先于作品的"颠倒"特质。无论先行者用后现代诗学，又或是我以镜像时期去尝试锁定罗贵祥的诗风，都不过为一流动性的描述，因为它们也以现在进行式去面对不断转变的外在环境刺激，唯此如此也才不会成为凝定而僵化的历史素描。

是的，也因为罗贵祥永远以现在进行式的方式在经营新作。

面对20世纪90年代的罗贵祥诗，难免不感到陌生，但一旦想启齿又似乎无力名之。形式的实验？不，大部分都已有前科。后殖民处境的介入（叶辉《后升降机时代的城市——读罗贵祥的后殖民处境性别诗》），也好像是由对后现代主义的关注所顺理成章而走过来。我假定问题出自诗中的叙述者"我"身上，在20世纪80年代的罗贵祥诗中，作品中的"我"往往是一观察者的角色：他在阅读艺术作品，观察城市的流动风景，对历史进行本质的思考——简言之，指涉的对象大都由外而触发，也正是刚才提及"透过理解日常经验的殊异性，增加意识中的外在知识，亦从而更了解自己"的思辨者。

20世纪90年代罗诗中的"我"或许同样敏锐深思，但本质上的差异是从内在的发现启动，然后再形成诗中的外在风景，换言之也是一种"颠倒"了的程序转移。所以我们仍可发现大量的文化论述混和诗化话语之独家注册罗氏语言，但其肇端已由外在的观察转而为内在的省思，

由是更叫人有一种主客合一的澎湃生命力来。就由《十二点过后在大角
咀》①开始：

有一回我弯身在路上寻找

还触摸不清的

你的手

就带来了手电

就立刻看见你童年不断走过

不断走过的鞋印

在这个我新来的旧区

凌乱的工程正继续展开

我知十二点过后

不一定是告别的时刻

因为世界不是封闭的世界

只想知两个角点样可以砌成一个大咀②

　　我得承认这是自己深爱的一首情诗，虽然其中的层次又如惯常的罗
诗般，绝不仅仅限于某一种解读的可能。但这首 1997 年的作品，可说把
过去以理性思辨语言营构的议题，轻描淡写的化为生活的感触。语言的
挥洒自在（"只想知两个角点样可以砌成一个大咀"）、时空跳接的自然
而致（"就带来了手电／就立刻看见你童年不断走过"）、乃至人地时物

　①　大角咀位于香港九龙旺角以西。
　②　点样：怎样、如何。"只想知两个角点样可以砌成一个大咀"意指只想知道两
个角怎样能盖（组合，建筑那种垒叠）成大角咀。大角咀为九龙半岛西部的山嘴。

等数者若即若离契合——其中同样充满约制的局促条件，街上也散落杂乱纷陈的意象，但作者的清晰选择，似乎较上一个十年的质疑诘问策略来得更准确有力。

然后就是几首叫人大开眼界却又难以疏解的"父亲诗系列"：《父权的比喻》、《阿爸暗器》、《跟我亲嘴的父亲》及《发达号》。罗贵祥在这系列诗作，发散的能量完全是扩射性的：既针对国族传统的思考（《发达号》）、又有性别错位的反思（《父权的比喻》）、同时又涉足心理学上的重构（《跟我亲嘴的父亲》），最后又引申出一场家族游戏式的内战（《阿爸暗器》）——那可谓进一步确认由内而外的"颠倒"路向，把文化论述融入生活场景中而发，叫人感受到更大的游移性及实存感。

其中叫我印象深刻的，是他在数首父亲诗中，探讨的大多均属"地父"（Earth Father）意象的思索。地父简言之是不囿于以创造者的男人形象而自满，反之更进一步要成为家庭中的主要抚养者，渴望在家庭这个中心作出一番成就。近年西方的家庭辅导，都爱强调"地父"的角色，希望能冲刷去传统上"天父"（Sky Father）及"皇父"（Royal Father）的霸权性，来减低上下两代对立抗衡的潜在威胁。但在重构"地父"形象重要性的同时，其实一样有不少难处，有心不一定代表有力："我搜购了／初任父亲的求生手册／风高浪急的头三个月／我准备了止呕药物并／减少性爱"（《发达号》）。在利用"地父"形象去重建家庭关系的过程中，遇上的阻力不一定较以"天父"或"皇父"成之的为轻。一方面既因为时代令父子角色的定释日渐含糊，"头埋在我胸膛的父亲／就伸了长颈／连连与我亲嘴／不曾意料湿润的唇跟胡子短刮"（《跟我亲嘴的父亲》）；与此同时也要面对父权低落的现实转变，"都相信在双职的家里女人的男性化最具魅力／她的腹背肌肉都更漂亮结实丰厚／脚毛落索的腿当穿到别人裤管／他反而有股无赖般的安慰"（《父权的比喻》）。到头来成就出来一场精彩绝伦的家族游戏，就是《阿爸暗器》：

> 哥再度埋怨好好一家人为什么爱互相暗藏器皿发展地下帮派吃了他嫌不够爽脆的肉丝炒面就把断了的舌头埋在余下的肉汁里我于是就没有更好选择地吃了继续将未完结的沉得再深一切看起来什么没有发生是四周宁静躺在弓上的箭。姐在拖鞋底调配了美味花纹等待在沙与未干水泥上散步机会突然逼近阿爸许久再没有碰过阿妈担心用力太猛只躲在角落偷偷亲嘴

我想确认的不仅为罗贵祥对当代"地父"转化障碍的深思，同时欲带出背后也是一种对历史反思的过程。承接 20 世纪 80 年代的议题，父亲作为博物馆长角色的转化，在下一个世纪中不一定可以轻省地三言两语打发，倒过来杂音的纷陈反而更加具喧闹的破坏性（兄弟姐妹的七嘴八舌）。如果过去的历史书写人可凭设馆或成书来企图凝定历史，则处身于新世纪的我们一方面在 20 世纪 80 年代提出异议后，竟发觉自己在刻下更无容身之所：文章散落四方，下一代连关心的企图也蒸发掉，然后还要考虑在下一个十年如何创作下去。凑巧罗贵祥也刚成了人父不久，那不再是一单纯的写作问题，而已成了一活生生的血肉见证。

2003 年 9 月

电影人

序：读汤祯兆的影评有感

家　明

　　自博客（blog）流行以来，总是很容易读到"影评未来"的讨论。如舒琪在《明报》的"影评（人）死亡事件簿"系列[①]，提到博客兴起对传统印刷媒体影评人的挑战。在美国，"影评人 vs bloggers"的讨论更是不胜枚举，3 月中旬纽约大学办了一个"电影评论工作坊"，席间发言的包括芝加哥著名影评人罗斯包姆（Jonathan Rosenbaum），他演说的题目为"影评的未来——影评、互联网及 DVD 流通"[②]。3 月下旬另一件关于影评的事件是，美国《村声》(The Village Voice) 杂志辞退了年轻影评人 Nathan Lee，使杂志只余下一位全职的影评人。Nathan 后来在一篇网上访问中，说明了美国影评界被"Baby Boom Generation"垄断[③]，但另一方面年轻博客主导的电影博客，又有越来越强的走势。

　　香港的影评生态跟美国不同，但同时也在面对类似的处境。首先是影评空间收窄，香港现在可发表电影评论的报纸、杂志卖少见少。普遍的说法是，读者对文字的需求不高，对评论文字的意欲更低，影评在媒体上聊备一格，充其量发挥消费指南的功能，严谨（我不用"严

　　① 见"影评（人）死亡事件簿"之一至之五。《明报》2008 年 4 月 12、19、20、26 及27 日。

　　② "Shooting Down Pictures" 博客，有颇详尽的文字报道。网址 http: //al-solokelift.com/shooting/? p =275.

　　③ "Meet a Critic: Nathan Lee Weighs in on Leaving the Village Voice, Why Critics are Ineffective, and What's Next", 23rd April 2008.Link: http: //www.rottento-matoes.com/news/1723638/1.php.

肃"好了）及长篇的影评没有空间。有趣的是，香港影评人数目不算少，看看两个影评人组织的网页，加起来也许有一百人，跟屈指可数的报章影评栏目却成强烈的反比。但香港的影评圈也有类似 Nathan Lee 提及 "Baby Boom Generation" 垄断后的青黄不接现象。当然，香港也有不少电影博客，不计酬劳、面对模糊的读者量／群，日以继夜书写电影。这成就了特别的现象：式微的专业影评，弱势的影评栏目，雨后春笋的电影博客。往后，收稿酬的影评与"免费供稿"的博客会是怎样的发展，是十分令人期待的。

说了一大堆，旨在想说汤祯兆。

汤祯兆是作家、评论人、民间学者。他在不同范畴之长袖善舞，大家有目共睹。然单从影评方面出发，我觉得他身处这个年代，也是深具启发的。

第一，他是向我们示范拓展文字园地的先行者之一。当我们慨叹香港今非昔比，饮恨报章杂志评论空间的每况愈下，我们同时发现，"汤祯兆"这个名字很早就在"台湾电影笔记"网站、《电影欣赏》杂志（两者均由台北电影资料馆制作及出版）及《诚品阅读》上出现。而且他不是 "baby boomer"，他并非成长于 20 世纪六七十年代，跟《中学生周报》、火鸟电影会及《大特写》没有关系，算是年轻、擅写又具影响力的少数。阿汤写的不一定是一板一眼的影评，但他"影评人"作为众多身份之一还是不胫而走。这几年也留意到阿汤涉足国内媒体的消息。每年的暑假，影评人舒明跟我在演艺学院负责"影评工作坊"的课程，共十多节。其中一节谈及近年香港影评发展时，我特别喜欢引用汤祯兆跟彭浩翔 2006 年 6 月在《南方都市报》因影片《AV》而掀起的笔战。一方面香港历来关于影评的"笔战"不多；另一方面这有趣的个案显示了两个本地创作人，由台湾移师广州的论战，其跨越香港地域去讨论香港电影的特色[①]，也是今天我们谈论香港文化人北进现象一记好玩写照。

第二，汤祯兆继续在不同渠道撰写长篇、有见地的影评文字，不符合上面谈到评论气氛低迷及空间萎缩现象，他一个人示范了"有麝自然香"的道理。阿汤总有能力在不景气的环境中确立文字的重要性，显示了独到的观察及跨学科的洞悉。他的影评涉及不同范畴的电影及作者，以本书选文为例，《漂流之男——金基德的欲海念力》及《基耶斯洛夫斯基的日常政治风暴》把焦点对准艺术影片。他旁征博引，把金基德及基耶斯洛夫斯基的作品论述，分别放进韩国电影产业及导演的政治视野上，使评论给出一般印象批评、坊间影评没有的深度。即使是分析首轮商业片的《〈冷血〉的写作本质探索》，阿汤也从卡皮特这角色在戏里戏外故事，道出了写作人的无奈（"写作从来就是谋杀的过程，它要夺取的正好是自己的生命"），犹如创作人在自嘲。

尽管在印象中，汤祯兆的影评偶有句子太长或佶屈聱牙的问题，但若你听过他才思敏捷的演说便会明白，这也许是他脑筋太快的双面刃。久而久之，阿汤的评论文字也成了一种独步的风格，渗

① 事件起源于汤祯兆在 2005 年 8 月 1 日于"台湾电影笔记"网站发表的《2005年电影中期札记》文章，包括对彭浩翔影片《AV》一些意见。2006 年 6 月 27 日及 29 日，彭浩翔在其《南方都市报》专栏响应，题目为《"恶意"批评》（上及下），断定汤文是"人身攻击"。同年 7 月 12 日，汤祯兆利用《南方都市报》同一面版响应，指出他的文章是针对素材的现象分析，并不构成人身攻击。有趣是，《AV》是合拍片浪潮下最"根正苗红"的香港电影，但这几篇关于电影的讨论，却并不在香港的平台发生，而在《南方都市报》刊登的响应，香港读者也没法接触到。

杂了不同方法学，驰骋在电影、足球及日本文化等不同领域，也跨越了地域的界线。作为同时代的香港影评人，这也是我值得好好借鉴而努力向前的。

2008 年 4 月 29 日

漂流之男

—— 金基德的欲海念力

性、暴力、歧视、低下层、社会的不公义、SM 关系、身体自残的
政治、宗教救赎、女性主义者的敌人、天生的野孩子……再数下去, 不
知何时才可了断, 但金基德正是以上述的招牌本色, 来屹立在现今的国
际影展网络而不倒。

由日本新浪潮到韩国后新浪潮

一提到金基德, 总离不开性与暴力, 由处女作《鳄鱼》(1996) 开
始, 到今次最新的《肉海慈航》(2004), 都与两者形影不离。我想起 20
世纪 60 年代的日本电影环境, 那时候一众导演如今村昌平、大岛渚、羽
仁进、吉田喜重、增村保造、若松孝二以及武智铁二等, 同样利用两者
的纠合来建构各自关注的主题及风格。正如佐藤忠男对性浪潮的分析,
他们的共通选择当然是刻意为之的决定, 因为所有人际关系的角力, 如
统治者与被统治者、自由与寂寞、和谐与对立等均可从中得睹, 而且也
可透视出政治和社会的背景脉络来 (*Current in Japanese Cinema*, Kodan-
sha International Ltd., 1987)。其中对由个人演化至社会及政治性的议题
关注, 我觉得尤其重要。因为性议题一直被视为与思想层面形成对立,
前者是肉体的需要, 后者是脑力的振荡。所以一众日本的当代导演, 均
利用肉体上赤裸裸的生命活力, 用来揭破成年人乃至知识分子的虚伪面
相。在世界性追求自由及解放的学生运动风潮下, 他们利用性与暴力作
为挑衅的手段, 的确起了震撼性的作用。当权者不用解决性需要吗? 他
们可以是道貌岸然的知识分子, 可以是族群里德高望重的长辈, 又或是

社会上有头有面的中坚分子，但不约而同也利用权力去合理化个人对性的剥削及暴力的挪用。这一种社会现象正好激起一众导演利用艺术手法去作出私人化的反悖。当然另一项配合因素是 20 世纪 60 年代的日本电影生态，基本上乃全以聚居城市的年轻观众为主，他们不少是来自异地的"上京"者，而且对社会及生活均存在如此或如彼的不满，和已婚及以家庭生活为重心的电视观众族群大相径庭。因为口味及观点上的差异，也令到一众导演充满侵略性，甚至可称为自毁性的作品可以接二连三出现，从而牵引出一个"日本新浪潮"的风潮来。

我认为把作为韩国后新浪潮导演之一的金基德（用韩国权威电影杂志 *Cine 21* 的分期法），于 20 世纪 90 年代的韩国，利用大量的性与暴力为题材主体出发拍电影，可以与刚才提及 20 世纪 60 年代的日本电影生态予以对照并读。1964 年的东京奥运会，以及 1988 年的汉城奥运会，同样对两国造成不可磨灭的影响，尤其是在价值体系的建构上，更因为直接与外国文化接触振荡的关系，令到两者出现文化失调的内在紊乱期。根据曾素秋的《九十年代韩国电影》所指：在汉城奥运会后，美国文化乘势大举入侵，对电影业更构成前所未有的威胁，派拉蒙、美高梅及环球的合作公司 UIP，开始可以无须通过代理商，而直接输入好莱坞电视进韩国，对于自此之后的韩国电影工业起了沉重的打击（《电影欣赏》102 期，台湾，2000）。所以韩国电影工业于 20 世纪 90 年代初期及中期，均面对极为严峻的生存压力，直到中后期才开始陆续转化出一条新路来。在黑暗阶段中，韩国工业内的电影配额制度，委实起了一定的起死回生作用，因为韩国规定国内的电影院，每年必须要有 106 天上映南韩电影，从而确保其国产片的存在空间，以及避免了因百分百的森林生存定律，而令到国产片完全没有面世及供人欣赏的机会（《支撑韩国电影存活状况的东西》，其《电影旬报》1397 期，日本，2004 年 1 月）。

而事实上，能够令南韩电影回魂有术，除了以上的"纪律性"守则外，另一样是因为一众作品可以把年轻观众重新牵引入场。他们对新韩片的肯定，绝大部分均在于"哗! 国片终于可以与好莱坞作品不相伯仲!"。金基德正好处于这一种环境中作出起步，他可说是以电影作为宣泄内心愤怒的过路人。在他崛起的时期，因为韩国自20世纪60年代于大学内已开设了电影系，以首尔大学为首至90年代为止，全国已有超过五十间大学有电影系，每年的毕业生多不胜数。他们约有三成人毕业后投身进电影业工作，剩下来的也大多选择相关的广告界及电视界发展。相对于他们的科班出身，金基德连中学也未曾毕业，而且在法国流浪两年再回国后，便直接成为导演，其中也因而令他受到不少行内人的针对批评。在原刊于韩国电影杂志 Cine 21 的访问中，他正好提到"韩国人喜欢用教育及社会背景来判断他人，外人亦以固定的角度来看我。他们谈起我时，不会以一从事创作的导演视之，而是爱提及我的低下社会及经济背景，以及没有接受正规教育的情况等等"。①这一种源自社会及政治结构中的人为歧视，正好是催化他以性与暴力来予以抗衡的启导之一。更重要乃今时今日的韩国电影业困景，其实正是拜好莱坞电影的大举入侵而致，但素来以批判力强及擅于策划抗争及示威运动而闻名的韩国年轻人（以学生为代表），也同样以韩国电影拍得像好莱坞而沾沾自喜，从而唤起支持国产片的热潮云云，本身之内在矛盾性可谓不言而喻。面对以上的局面，金基德毅然以性与暴力作为招徕，既以耸人听闻的话题性来诱使人入场，如1999年的《漂流欲室》以 SM 及肢体自残作噱头，2001年的《坏人》以流氓迫女学生卖淫为焦点，到2004年的《肉海慈航》更干脆由女主角从自决出发以肉体来拯救男人普度众生——以上单看内容

① http://www.latrobe.edu.au/screeningthepast/firstrelease/fr0902/byfr14a.html.

简介已足以令人无法抗拒入场，尤其是对一众的年轻观众而言。然后通过剧情的展展下，才逐一披露情节以及处境背后的非好莱坞成分，从而教观众反思入场究竟所为何事。这一点正是金基德既迎合又挑衅观众的运思策略。

金基德 101

或许我们先来整理一下金基德的基本主题及风格：

一是罪与救赎。金基德由《鳄鱼》（1996）开始，已反复针对这一宗教性的主题而锲而不舍探讨。《漂流欲室》（1999）虽然以疯狂的性与激情为卖点，但徐情以身体去驯服金儒哲，以及引申至不离不弃的终局，本身正是一以性戏作对照的不同诠释。事实上，导演刻意把在浮屋上的性作比较，其中既有妓女的服务，亦有徐情与男主角的死战；如果前者仅属娱乐性的消闲演绎，则后者明显已有洗罪的意味，尤其是两人均通过自残身体来展示性戏上的升华探索。金基德更进一步把洗罪及犯罪的两面性同时置于漩涡中，徐情在为金儒哲付出一切之时，又因为妒忌心犯上另一宗杀人罪，由是终于通过令自己与普度的对象等同（一齐成为罪人），来完成终极的救赎。在《肉海慈航》（又译为《撒玛利亚女孩》）中，以上的信息更加呼之欲出，两名高中生组成 twins 卖淫组，一当马夫，一当妓女，而两人的使命通过生死易位的传递，带出成为撒马利亚姐妹的宗教感召。导演同样企图勾勒出救赎过程中的复杂性，女儿 Kwak Ji-min 一边以肉体去普度众生，父亲 Lee Uhl 却以暴力对付嫖客来宣泄愤怒，甚至最终逐一把他们迫上绝路才罢手——其中一名嫖客因被他登门揭破假道学的面孔，因为跳楼自尽；另一则被他活生生的于公厕击毙。在救赎的过程中，同时又犯上新的罪孽，这正是金基德所深感兴趣且反复思考的作品主题。

二是人与空间的失调。金基德对于空间的选择十分敏感，而镜头下的人物往往与空间本身有莫名其妙的错置感，而从中也牵引出人际间的不对称情怀，以及因空间失衡而造成的内心冲突来。《杀越海防禁区》（2002）是一典型的例子，主角张东健一直以为自己是极为称职及尽忠职守的海岸线守兵，岂料在剧情推展的过程中，通过一次意外（真的是意外吗？）来逐步披露他的缺憾——他原来根本不属于那个空间，既不如其他士兵的强悍及健壮，而且也神经质至无力自控。身处的海岸线环境反而更进一步催化了张东健的崩溃，而只有他自己仍懵然不自知，由是带出一由个人至社会的衍生隐喻，由是显出韩国人急于去投入由某一空间激化产生的身份时，所带来因扭曲了本性的荒谬感来。而《春夏秋冬》（2003）中的佛学入门式主题（对东方观众来说），更加清楚有力传递了以上的信息。小和尚及青年僧本来就与水上浮寺（一个甚具水月镜花风格的视觉隐喻）格格不入，而自以为寺外的世界才是心中所属的乐土，结果却落得遍体鳞伤而成为杀人犯才回来避难。幸好得到老禅师的点化洗去戾气，到出狱后回归才得以与万化冥合。其中在人与空间失调的议题上，更引入时间的因素，从而展示其中的互动及不断易转衍化的流动情状。

三为因歧视生出来的异化。《打回头的情书》（2001）自然是这方面的代表作，其中差不多所有的角色均有如此或如彼的潜在缺憾，有人因父亲是离开了的美军而遭人歧视，有人因体弱内向而不断受人欺凌，有人因一眼患上白内障而抬不起头做人。讽刺的是在文本中负责欺凌他人的施虐者同样也充满缺憾，屠狗者因地位低微而被人呼呼喝喝，退伍军人因生计无依而守不住尊严，美军因维系不了与韩籍女友的关系而被军法惩治——大家都陷于死胡同之中，你向我施虐，然后到了临界点又迫使弱者作非理性的反抗。受暴力折磨的人最后亦同样用以暴易暴的手段去回应充满歧视的世界，最后落得所有人都成了失败者，而且通常以付上性命告终。在这方面，金基德颇具今村昌平的气息，尤其是往往把人与动物作对照的并置，来带出一低下层与畜生相若的人性冷酷状况。其中在《打回头的情书》中，美军弃儿常被锁在狗笼中，甚至当屠狗商人买了狗回来后，他竟然连藏身于电单车上狗笼的位置也不补，只能够如狗般从后狂奔去追上来，俨然为人不如狗的最佳说明。

三池崇史与金基德

金基德于 2001 年接受 Sundance 影展访问时，提到对日本导演三池崇史的好感，他更特别指出在多伦多看过对方的《切肤之爱》后，发现竟然有人和自己相若，甚至认为两者是同一类的人来①。《切肤之爱》当然有不少卖点与金基德的作品相似，其中的超暴力镜头自然也成为话题之一。山崎麻美（椎名英姬饰演）在暴露出以虐人为乐作报复童年阴影的倾向后，她折磨青山重治（石桥凌饰演）的片段堪可作看为施虐的洋洋大观。在《切肤之爱》中，三池崇史吸收了不少这些离经叛道的构思，在麻美凌虐重治时的高潮里，刺眼和折肢的场面也堂然出现，成为今人瞠目结舌的地方。这一点金基德在《漂流欲室》中也不遑多让，其中对鱼钓的出神入化运用，可谓叫人大开眼界，如金儒哲的鱼钩扣喉法及徐情的阴道入钩法，都和三池崇史亦步亦趋，不后于人。

日本一向是 SM 的"强国"，不少人对此道均乐此不疲，而音乐家 Akita Masami，曾有详细的解说："SM 在日本是不同的。它并非关于双方

① http：//www.moviehabit.com/essays/kim_ki－duk01.shtml.

的享受，其中要考虑到日本女性于社会中的相关位置。日本的 SM 世界往往和军服扯上关系，而 SM 的权力关系通常被视作为妄想症的主题。SM 把绝对权力的残忍之处，以极暴力的方法展示于观众眼前。"（Jack Hunter, *Eros in Hell* , Creation Books, 1998）

　　Akita 说得好，在日本电影中出现的 SM 场面，十居其九乃以女性作为受虐的对象。无论施虐者为男为女，总之受虐者的身份必须为女性。其中增村保造的经典 SM 代表作《盲兽》(1969)，由绿魔子饰演的女主角，正好成为一盲人崇拜者的禁脔，被他骗回家中囚进室内凌辱。屋内的超现实"魔眼"和"裸女像"设计，自然成为 SM 的最佳背景。这些狂野想像，配合女性的受辱身份，几成为 SM 经典的成功程序和标志。《切肤之爱》中麻美对重治的折磨，自然有典型的 SM 元素。但其实于大岛渚的名作《感官世界》(1976) 中，他早已为女性于情爱探索路上翻案。女性于作品中不再是性戏的奴隶，而可易位成为操控的主人。当年阿部定在《感官世界》中既先拒绝了同性女士的求爱要求，后又与定古沉醉于性趣中而不顾一切，显然可见女性于大岛渚的眼中，正是性动力的催生者，而且深不可测。

　　《切肤之爱》里的 SM 处理，最大的突破自然在于男女身份位置的易位，一直处于强势的重治（利用试镜满足自己求偶的欲望），从来没有想过自己会成为别人眼中的猎物，尤其是一名柔弱的女性。麻美在重治家中的施虐场面，正好彻底暴露出 SM 的本质：作为性戏的娱乐可能只是一表面的虚假修饰，实质上它的暴力及权力控制本质并没有改变，一旦更改了主客的位置，我们才明白到它的恐怖之处，叫人不寒而栗起来。当然《切肤之爱》中的麻美，固然是电影世界中"美丽坏女人"[或称为"蛇蝎美人"(femme fatale)]的典型形象。所谓"美丽坏女人"，乃指银幕上以勾引、诱惑及毁灭男性为务的女性角色。这种角色最常出现在

20 世纪 40 年代的黑色电影中，而金发、世故和冷峻的形象几成为同类电影中的主要视觉母题。而一般人对她的认识，基本上也可从好莱坞作品《孽缘》(*Fatal Attraction*，1987）中略窥一二端倪。麻美的形象自己有一定程度的修正：她不再是一性感撩人的小野猫，反而通过重治的口，不断强调她温柔的一面，而他也正好被这一点而吸引。其中的修正正好深化了男人梦魇的主题：因为她温柔，所以男人似乎并不罪有应得。由是更突出了男人心中的最大要害：你不可能预计到危险会于何时何地出现，甚至不可从对方的形象中窥出蛛丝马迹。这一点的更动令 femme fatale 的恐怖威力，可以更加尽情显露。

金基德在风格浑成的时候，其实与三池崇史偶尔会有异曲同工之妙。以极具争议性的《坏人》为例，韩国国内文化界对作品的劣评蜂拥而来，其中尤以女性主义者的攻击最为严苛。然而有趣的是，在 Han-Ki 夺去 Sheon-Hwa 的贞操且迫使她去卖淫后，后者也同样在不断出现的场合中，目击前者被陌生人痛殴至溃不成形。那其实是金基德刻意营造的一种施虐及受虐对倒位置讽刺思考，一般人以为女性的贞操至为神圣宝贵，不可冒犯亵渎，但它其实与身体上的创伤于本质上处于相若的位置。当观众对 Han-Ki 的男性恶行口伐笔诛，却对镜头上他的"受罚"视若坦然，导演显然在此设下一陷阱——去论证说明大家同样都是施虐者，正如利用镜头上 Sheon-Hwa 作为观众认同的位置，彼此不过五十步笑一百步。外表柔弱又或是出口满腹经纶都不能改变这个众人不愿接受的事实：我们对现世中的 SM 游戏都玩得乐此不疲且日益有乐而忘返的倾向。

梦里不知人间世

——由小津到卡萨维蒂

　　我看电影，与一众影痴友人比较，属后知后觉的一群。求学的前半期，精力放在文学上，到有朝一日往他乡求学的机会降临眼前，才猛然醒觉于电影的求知欲更甚于文学，于是收在个人日本电影研究《感官世界》内的"没有标记的墓碑——小津安二郎坟前寄慕"，正好是一的然无误的电影情书。把小津大师作为个人寻梦的借口，容或会有不敬，但我想只要自己严正看待个人的梦想，大抵也没有任何对不起大师的地方罢了。

　　那两年的日子好像过得特别快，以至于即使我每逢周末都通宵看电影，仍然好像未能够把想看尽收眼帘下。而我亦是在那时候遇上了卡萨维蒂，恰若如为自己打开了另一窗，反省思考人生的另一种可能角度。

　　大抵仍是有藕断丝连的影响，我常感到卡萨维蒂的作品有一种小津色彩的回荡。千万不要以为我中小津毒到了失心疯的地步，《受影响的女人》(*A Woman Under Influence*，1974) 彻头彻尾就是一出"庶民剧"，我明白小津固然不会让原节子如 Gena Rowlands 般在众人面前崩溃出丑，但大家身处的困局委实无大差异。如果前者为人女、为人母、为人妻、为寡妇等不同角色，永远是不能融合的人生角色牢狱，那么后者只会在以上的身份，再加上为家厨、为拾屋人、为爱人、为病人乃至为女主人而头昏脑胀。卡萨维蒂同样可以如小津，足不出户把故事铺陈由头到尾安排在房间里发生，甚至大量使用长镜头，由得演员适应节奏到忘记了镜头的存在而进入了角色。那当然也是每个人的生活写照，只不过现实永远较电影中的"戏剧"更具戏剧性。来自上海的职员于夜半三更出入校长房间"打扫"、同班女子忙于下嫁日本人求一纸签证、香港小同学则不断编织动人故事去骗取借款、而我在职场不断被老人家骂作中国笨蛋却工作得快活起劲。我身处的空间每天均上演不同的即兴剧场，我只不过是过客，而且在寻梦，因此反而令人感到眼前的一切不真实，或者至少在个人的接收系统中可以安然过滤——求学不是求啖气（争口气），弄清楚一众大师的影像风格及背后的运作逻辑，对我来说较什么都更重要。

我切入卡萨维蒂的世界，当然不自《受影响的女人》始，而且最触动的代入角色自然是 Nancy——在《首映礼》（*Opening Night*，1977）中因追星而意外离世的女狂迷，她因迷恋罗兰德（Gena Rowlands）（戏中饰演舞台剧明星 Myrtle Gordon）而丧失生命。一次意外，把十多年来的文化梦想一扫而空，正好把那种虚幻的真相一针见血道破。关键不在于意外，而是虚幻，尤其是对文化理想的寻觅，往往出现一种出世与入世的纠缠——梦里不知身是客，自立为客却不知做梦，那才是不明不白的人生旅程。

所以《首映礼》的最大趣味，不仅在于每个人都好像陷于崩溃的临界点，罗兰德固然受重象效应（doubling effect）缠绕，她饰演的女演员，与舞台上的角色，同样面对个人情绪崩溃的信心危机。身边有人对她冷嘲热讽，旧情人（由卡萨维蒂亲自饰演）一句对应："你是大明星，我是小角色，观众不喜欢我，我爱不起你"，叫人感到爱比死更冷。至于不断去保护她的人，也叫人分不清是为了要舞台剧顺利上演，还是由衷地为她着想（为何不让她辞演?）其他貌似正常的人，真的可以平衡心理过来吗?《首映礼》对我的启示，乃原来人生的剧场发生在舞台之下而非之上，对剧中人来说舞台是真实的空间所指，对我们来说则是学校、职场、家庭甚至街头巷尾。而自以为所追求的文化梦，南柯背后才明白是一自设的保护罩——让我可以撒娇，可以逃避成长，可以掩耳盗铃，可以推卸责任，因为我选择了每个周末在电影院中度过，来减少自己在现实中去出演主角的时间。

　　我从来不会与片厂的行政人员争吵，他们不过为了赚钱。感谢上帝他们在此。我们需要他们。如果你是作家，你想作品有出版的机会；如果你是工人，你会想建一幢真实的大厦，总不能只在混泥浆。我只与演员吵架，究竟我们付出了什么努力，去寻找出我们是谁呢？

　　　　　　　　　　　　　　　　　　　　　　——卡萨维蒂

　　我们又花了多大的心力，去找寻自己是谁？

　　回到香港，才知道卡萨维蒂的厉害。在不同的人生职场上打转，才感受到《受影响的女人》的针针到肉。如果小津的人生无奈总在角色独处时渗透出来，则罗兰德肯定更加可怜，因为她连精神崩溃都要在人前显露。她的家总有数不清的人在来来往往，门会被敲，电话会响，邻居会突然来访，小孩子不受控地穿梭——一但那不仅是一家庭剧的写照，其中更大的深意是当中的影响互动。是的，就是片名中的"受影响"之意，在恍若天罗地网的包围下，我们怎样去做自己？人不是独立的个体，即使如罗兰德安在家中也免不了不断受到滋扰。"做回自己"是全片中不断反复诉说的对白，然而在身处的时空中，我们又有多少时间在"做回自己"。我们爱写作，爱求真相，于是选择入传媒行业。事实上，传媒行业也一直依赖有干劲及热情的年轻人支撑大局。只不过时而势易，新闻工作作为一有理想支撑的行业代表，形象已被不断出现的传媒谎言击溃，身处其中又有多少时间可"做回自己"，遑论有时甚至要同流合污？而且过去爱挂在口上的原则——所有也不过是弹性处理的原则罢了。入行可能是为了理想，但离场也可能同样为了理想。

即若回到自己目前身处的教育界，其实也不过由一个黑洞跳进另一个深渊。近年由教育改革引申出来的"终身学习"方针，似乎已被套上了光环，成为一遇魔除魔、见佛杀佛的上方宝剑——于是教师被勒令去应考语文基准试（即使为非语文科的教师），成了一天经地义的安排；至若各院校以及教署设定的科技教育训练及评核测验，更早已到了叠床架屋的终身困扰地步。

教改文件中其实早已高调地张扬"全方位学习"的观念，来为"终身学习"奠下基石。据文件的说解，"全方位学习"乃指"有效的学习是在真实的环境中进行"，所以建议教师在构想学习经验时，应多考虑如何在真实环境中进行云云。事实上，"全方位学习"把学校和社会的关系直接扣连，暗中透露出社会需求对教育建制的潜在影响。背后理念为通过从周围环境得到的经验，去改变学生的行为、人生观以及知识内容。如果"全方位学习"成功，假设性地学生便可具备一定程度的社会经验来方便作长远的"终身学习"。

可是如果大家参考一下教署的建议，在"中国语文全方位学习活动简介"中，竟敢马虎地把现有机构如彩票及文化事务署、邮政署乃至报刊团体之类的阅读和征文比赛也罗列其中作充数之用，委实"内外互通"得叫人叹为观止。面对一连串只顾空喊口号而缺乏具体内外串连机制的方向性宣传性质文字，而要求教师勉强去强思如何去把它融入个人的教学内容中，是为蛇添足的自讨苦吃之作。当设计者呈现理念失序拼凑的局面，而要求别人代入他们的角色去推行其方案（更讨厌是自以为高高在上而对前线人员诸般指指点点）；这是逻辑上不成立的前设，一个不可能的任务（the mission impossible）。而同样作为其中的一分子，如果不以柔性的个人主义作抗争，通常就会成为同流合污的同道中人。我想起凡克（Peter Falk）在《受影响的女人》最终把观众完全技术击倒的演出：他忽然一反常态，把所有的三姑六婆猪朋狗友逐出大门，然后深情尽显抚慰妻子罗兰德。是的，罗兰德不会因此而能够"做回自己"，教育也是一样，大家心知肚明所有口号从来都只是一种方向，永远没有实现的一天，但也无损彼此乐此不疲从中奋斗。凡克示范了由人出发，一切才不会变质的基准所在——即使改革焦头烂额，人与人之间仍可相濡以沫，以慰余生。

罗兰德用精神崩溃去重新掌握"做回自己"的空间，对我来说，她不啻是竹林七贤的异代知音。如果卡萨维蒂只与演员吵架，我想自己只可与自己吵架。因为挑起火头，首先必须要对己有严苛要求，以身作则推动寻找的历程。可是由传媒到教育界，我看到的是"律己以宽，待人以严"的整体气氛，而这又与香港在后九七的社会氛围不谋不合。我们毕竟被困于不同的角色、不同的场域——如果我们要吵，针对的只可以是本质暧昧的自身。

遇上小津及卡萨维蒂，是我观影人生的两件大事，第三事又会是什么？

《冷血》的写作本质探索

尽管我没有看过《冷血》（*Capote*，1967）所依据克拉克的（Gerald Clarke）《卡波特传记》（*Truman Capote：A Biography*），但仍然被电影所深深吸引。迈克认为霍夫曼（Philip Seymour Hoffman）的演绎难度不高，因为卡波特（Capote）本人就实在太易模仿，由鸡仔声到兰花手，无一不是可以"方法"得入型入格的外在特征。我见识浅薄，未曾目睹过卡波特的真人活动影像，而且在观影前犹在担心：究竟霍夫曼有哪一部分，可以和被誉为"The Perverted Huck Finn"的肉照扯上关系（指卡波特在处女小说集*Other Voices, Other Rooms*的封面相片）？何况还有来自东方的贾宝玉赞誉（在甘生之前，我在卡波特专家杨月荪先生笔下也曾看过相同的推许）。倒是凑兴找回卡波特另一脍炙人口的电视小品《圣诞回忆》（*A Christmas Memory*）来看，一看之下发现旁白原声正好是卡波特本人粉墨登场演出，立即登时明白霍夫曼"方法"得惊人的演绎策略。事实上，对于卡波特的声情感染力，世间早有定议。柏尔（Norman Mailer）在*Pieces and Pontifications*素描他的好友卡波特，提及一件有趣的琐事：两人一起上电视，录制后在回程途上，卡波特一直抱怨不应上镜自取其辱，他剖析自己能做的太过文学性，实在不应把个性强加于不对应的媒体上。当梅尔夫妇忙于安慰卡波特之际，想不到当节目播放出来后，卡波特却大获全胜——镜头用了很多大特写捕捉卡波特的面部表情，而一当他张口发语，便恍若有一股力量把所有观众吸引着，甚至连梅尔在发言时，连镜头都继续在拍着卡波特——他的声音魔力竟然可以至此。

于我而言，在《冷血》中，霍夫曼最吸引我的也是两场声情演出：一是在剧院在面对公众朗读《冷血》的选段（那应该是小说版中的首段来），全场人屏息以待静心欣赏他的"演出"；另一是由监狱回来后，他又再次在纽约的写作人沙龙中肆无忌惮用口舌去表现个人才情，刻薄尖酸无出其右。当中不仅在于能以两种不同的节奏，去展现角色的丰富生命力，更重要的是同步并时地引申涉及写作本质的探讨上去。

我所指的写作本质，是关于创作上的权力操控，而那亦是电影中企图把卡波特及犯人之一史密斯营造出重像效果的关键。上述两场卡波特的自恋演出中，均表明了作为一个作家，对操控观众反应的高度要求，未及水平的换句话说也不可能成为水银灯下的焦点写作人。配合起卡波特一步一步去争取史密斯信任的片段来看，可以看到卡波特对操控伎俩的优而为之，何况还有他利用李（Harper Lee）的无私奉献式帮忙作延伸参考。卡波特很清楚自己用什么手段，以及针对哪些人去作出操控——"人肉录音机"是一个很好的例子。现实上卡波特不断标榜自己的记忆力是何等惊人，且经过刻意锻炼后，终于可以不录任何笔记的方法去进行采访，由是可以拉近及缩减与受访者的距离。在关于卡波特最重要的一篇访问中（*Play boy*, 1968，由 Eric Norden 采访），采访者也显示出正好被卡波特的种种掩眼法，弄得昏头昏脑迷失方向——担心"非小说"（non fiction）限制了卡波特的小说才华云云。电影中卡波特正好以此"人肉录音机"之雕虫小技，逗弄得警长太太瞠目结舌，从而逐步取得内幕资料。所以当卡波特利用律师去协助两人上诉，从而去争取时间及机会去接触犯人，以便掌握更有用及精准的材料去经营小说。问题是：操控有没有底线？如果有代价，那么会以什么来偿还？

有趣的是，导演也竭力去表现史密斯可以有成为作家的潜质天赋来。换言之，说卡波特及史密斯成为重像，是指后者反照出前者的作家本质，而非前者拥有后者的杀人犯血脉之意。卡波特的生理及心理操控战场均明显不过，前者借力用律师去延续生死，后者劈头就以拥有相若的孤寂童年来消除隔阂《圣诞回忆》(*A Christmas Memory* 正好显示出针对相同的背景及素材，卡波特可以因应不同的受众群去生产出截然不同风味的作品来)。巧合地，在 Clutter 一家的惨剧中，史密斯也正好逐步由希区柯克 (Hickock) 的主导手中，攫取左右了整宗命案的杀人决定权，而把两人的命运推至一个不可回头的阶段。卡波特及史密斯的操控展现当然有南辕北辙的差异，前者的强势积极与后者的柔性消极，几已属路人皆见的二元对立。倒是成就出操控终极权的关键，却又惊人地殊途同归——两者均以否定自己的一部分来完成操控权。卡波特的心理挣扎，固然是电影版的焦点重心，导演明确地指出卡波特是以操控他人之死，来成就出《冷血》的洛阳纸贵。史密斯何尝不也是通过杀死 Clutter 一家，来重新掌握自己人生的主动权——不再受限于父亲乃至海考克的安排，虽然后来的代价是赔上一命，但却谱出生命中的自主一章。两者的重像叠印均以良心去换取最终操控权之上，导演暗示死亡是唯一的下场——史密斯以问吊结束物理上的生命，电影同样暗示卡波特自《冷血》后，也基本上结束了创作的生命。我所指的写作本质展示正好在这一刻结晶——写作从来就是谋杀的过程，它要夺取的正好是自己的生命，尤其对奉自恋写作为圭臬的作家来说，更加属灯蛾扑火的玩意。其中涉及的等价交换议程，正是亘古不变的《浮士德》命题。

拿回布鲁克斯 (Richard Brooks) 的黑白片《冷血》一看，更加令人可细味两作的取态同异。在《冷血》中，布莱克饰演史密斯的自恋及文化气质更加明显，开首不久的对镜自怜固然是水仙花的反照，而在插入的幻想中更不断以自己成为歌手为梦。尽管电影采用了较为简化的心理分析策略来诠释整件命案——不断插入史密斯的童年阴影，由母亲偷情遭父亲撞破而凌虐，到父亲向自己发泄而用枪指着自己等，作为解说上的取态(最明显是在杀 Clutter 一家时，反复闪回史密斯脑中的父亲影像)。这一点明显有把《冷血》小说原著简化之嫌——卡波特虽然在书中有清楚引述精神病医生对史密斯的心理分析报告,并指出他当时所杀的并不是一个有血有肉的人,而是"过去痛创经历中的一个关键人物",但那不过是他所铺陈的一个角度而已。

我认为在《冷血》,导演正好暗中把美国这种唯心理分析的取向,作出暗地里的嘲讽。正如先前所说,所谓的童年阴影,在卡波特口中便成为吹嘘的成长背景,从而作为摆弄与史密斯关系的引入契机;至于飞往他方去探访史密斯的亲人,拿出一幅相片来肆意穿凿附会,以令史密斯心情起伏——以上均在在看得出心理分析的随手拿来的虚妄性。更深刻的反映在卡波特对李的撒娇场面,那种既蓄意欺人也不自觉欺己的心理分析游戏,恰好从侧面反映出美国文化过去数十年的曲折蜿蜒途径。

基耶斯洛夫斯基的日常政治风景

—— 由《影迷》、《盲打误撞》到《无休无止》

基氏早期作品的政治色彩浓厚，以及中后期趋向远离政治，无论从基氏本人口中乃至论者的分析，都几已成为定案。当然如果把政治理解为狭义的政治事件，一切自然无可厚非：《影迷》（1979）中厂方及传媒介入纪录的态度；《盲打误撞》（1981）中入党、入地下组织及置身政治风波之外的三种选择；《无休无止》（1984）里律师与反军法统治人士的互动关系，均固然是切题的响应。不过奇氏从来不会直接钻入政治事件的中心去勾勒经纬，我们总是带着如此或如彼的疑团，去尝试感知主人翁的心路历程——把政治风波融为日常景色，我认为是奇氏追求的核心价值之一。

波兰·电影·政治

既然来自政治电影传统深厚的波兰，基氏自然会与前辈作品有眉来眼去之处。虽然 Krzysztof Zanussi 在《影迷》中作真人演出（做回自己），连成名作之一Camouflage（1976）的片段都插入其中，但基氏也自承与华达一度才是最要好的朋友。他甚至把华达于《大理石人》（1977）及《铁人》（1981）中的主角 Jurek Radziwillowicz 找来，出任《无休无止》中律师的死魂灵角色。基氏明言一切因为 Jurek Radziwillowicz 在华达电影中，全然是道德纯洁，绝对诚实的象征，所以才可不证自明地融入《无休无止》的超然观止位置。只是回头再想，奇氏对电影中的政治处理态度，正如 Paul Coates 的观察：冰冷阴翳奇寒彻骨。一旦对比华达电影中的政治场面（尤其是早期），更可明显见到后者感性投入与前者知性抽离的确切差异来。《灰烬和钻石》(1958) 的浪漫英雄主义色彩，自可从 Maciek 最后逃跑却被士兵的冷枪击中说明，漫长的奔窜最后更精准地血染飘扬的白床单，终以蜷缩僵毙在垃圾堆中作结，革命英雄要死都要有型有格。热血的介入导致华达弃影从政，而基氏正好对此甚为不满，认为前辈只不过在浪费自己的人生，反之个人紧守艺术创作的岗位，才是切合本质的抉择。电影容或曲折地映照出现实政治的点点滴滴，但让政治介入电影影响成貌，却肯定为基氏极力抗拒的态度。

反命名的呈现策略

基氏在不同的访问中，不下数次提及讨厌把诠释空间锁定在某一确定的意义上。以作品的命名为例，他坚持《红白蓝》三部曲，任何附加在其象征层面上的命名解读都不过是读者与作品所建立的主观私密关系，正如他指出"蓝"不一定为英语世界中的忧郁，在西班牙及葡萄牙的文化系统中，"蓝"对老人家是充满生命力的象征。而《无休无止》的片名由 "Happy Ending" 改为 "No End"，更加清楚说明导演对空间的重视态度。把反命名的呈现策略，置于基氏政治背景浓重的数作中考虑，可看到每一场的起伏，差不多均是以辩证方式去延展。《影迷》中菲利浦既为邻居保存了母亲的遗像，令对方感激不已（"兄弟，你所做的实在美好，有人死了但却仍存在于此"），然而在下一刻却连邻居已经迁走了数月也懵然不知，更遑论因为自己的鲁莽致令友好的上司丢职。另一方面，公厂的经理一直以歹角的形象出现，既只懂粉饰太平，同时又处处干涉菲利浦的创作空间，不过到头来他却向前者解释一切缘自有因，处处回避皆出于好意，最讽刺的是菲利浦的电影俱乐部，正好是占用了资源，令其他设施改善不来的原因之一。《盲打误撞》中的三段人生论，同样充满颠簸不定的变幻人生：作为共产党员的魏特克没有放弃"acting decent"（基氏曾表达过他的性善论观念）的坚持；反之参与地下组织的魏特克也不见得意志昂扬，竟然成为基氏作品寥寥有数受洗信教的宗叫人物（导演显然把信教与投身地下组织作了一种对照模拟）；执持不介入政治的魏特克，同样有另一份动摇不来的信念——对老教授的无条件支持正好令他难以避免与政治交涉，最终卷入莫名其妙的空难中。《无休无止》中妻子 Zyro 更加令人搞不清她要自救还是救人，而律师 Labardor 更不断游说监狱中的工人要背弃坚持才有出狱的可能。正因为此，基氏对于日常生活中的政治背景，恰好以呈现来代替判断的处理，反命名正是一种反对以单一角度去阅读文本的方向。

影像与现实的真假角力

在"Krzysztof Kieslowski：I'm So-So..."中，基氏曾明言作品中政治色彩浓厚，一方面因为政治仍存于生活的每一个角落，但更重要的是政治的确曾一度为人带来希望。《影迷》中菲利浦由打算为女儿纪录成长面貌，到发觉摄影机可以影响他者的人生，成好是日常生活的政治希望延伸。只不过奇氏在文本内外，均曾指出影像的不确定性，往往与现实的真伪产生微妙的互动关系。拍摄《无休无止》的过程中，奇氏本来想捕捉波兰在 80 年代实施军法统治下的法庭面貌，结果他发现只要摄影机放置在法庭内，便再没有法官会判处被告入狱。基氏反思后认为正是法官担心将来影片会成为佐证自己滥判的证据，于是讽刺地官方反而想利用基氏作品，来向西方世界宣扬军法统治下的开明及公正，一切并无冤案出现。基氏明白环境的变化后，每次在法庭仅置放一台没有胶片的摄影机——现实与影像之间的纠缠瓜葛可以致此地步。在《盲打误

撞》中，导演正好毫不犹豫去迫使观众去怀疑眼前所见的"真实"。在第
二段中，当魏特克重遇旧友，大家深夜详谈，提及旧友离别时的景象，
魏特克坚持对方有坐车子上路，而对方则肯定并无其事! 基氏聪明地提
醒观众，任何信念的执持都有一份偏见在内，当局者迷正是重构历史的
可怕动力之一。其中另一次的含蓄线索，乃见于《影迷》中菲利浦从住
宅拍下来的修路短片，其中一场竟然有两名青年人在马路上打网球，那
种与四处环境格格不入的虚幻气息，自然登时令人想起安东尼奥尼《春
光乍泄》(1966) 著名的网球场面——对经验的真实性疑惑，通过影像的
挪用重构，恰好刺激产生另一种想像空间。

微物政治的演绎

基氏一向重视微物的细节，甚至延伸至神秘性的层次，《无休无止》
在名册上 Labrador 名字旁的红色问号、Zyro 发现自己的无头裸照、用标
签覆盖掩藏的登洛普网球拍乃至隐在活页夹内的神秘纸条，均一再展现
出只有观察入微，才会寻到一鳞半爪的线索——尽管不一定知道背后的
由来始末。基氏有时会借微物来丰富敏感观众的阅读趣味，《影迷》中菲
利浦手上翻阅的图册，吸引他的正是考奇 (Ken Koach) 的剧照 (大家都
知道奇氏对考奇的敬重)；《无休无止》中 Zyro 的工作，竟然是翻译乔
治·奥维尔的作品 (与波兰当时政治背景的对照何其讽刺)。熟悉奇氏的
观众当然知道牛奶瓶一向是他镜头下的重要道具，它一向是生死牵连的
重要象征——《盲打误撞》中魏特克旧友忆述母亲之死，正是因为门口
的牛奶瓶连日没有提取，于是才被人发现已伏尸家中。对比起《影迷》
的最终一幕，菲利浦处于万念俱灰之际，把自己封闭于家中之时，正好
是送牛奶汉的到来，才刺激他回到人间，其后才提起镜头面向自己，借

助重述个人经历来象征一次向重生的出发。至若如月台的选取，更加是奇氏钟情的场景，菲利浦及魏克特（第三段）的妻子在月台送行，更不约而同成为与丈夫的道别礼（前者回来后夫妻便要分手，后者更加阴阳相隔）；甚至连魏克特（第二段）送 Werka 回华沙，也未能维系到两人相濡以沫的感情（用两人的易地错摸作暗示）。微物微观的捕捉，正好是一种对抗宏大叙事的政治日常化手段——唯其回到可触可感的生活场面，政治的无远弗届（不管多远没有不到的）才会更加深入骨髓。

"新写实主义"风格下的"闲逛者"

——回头再看《小山回家》及《小武》

作为一个晚期资本主义的自由阅读者，我毫不介意把意大利的"新写实主义"（Neorealism）及本雅明"闲逛者"（flaneur）两种不同的美学观念，拼凑共置于贾樟柯的早期作上，来展开后现代的超越时空的浪游解读。在《小山回家》及《小武》中，贾樟柯对直视现实的热切性有目共睹，事实上顾峥①也曾忆述一票人立志拍电影，原委也在于忍受不住自《霸王别姬》以来的中国电影困局：张式摄影、陈式异国情调，均反映出对现实无动于衷，才激发起"青年实验电影小组"的成立。

尽管不一定要与狄西嘉的《单车窃贼》（1948）扯上关系，但《小山回家》及《小武》中的"新写实主义"倾向可谓形迹处处，内容本质上同样以针对国内的本土问题出发，且以逼真的写实方式及敏锐的社会触觉去经营影像，格局上并无异致。

事实上，在影片的美学风格上，《小山回家》及《小武》也可说亦步亦趋"新写实主义"的形式方向：采用实景、现场自然光源以及起用非职业演员等，配上讲究生活细节的描写、长镜头的现实时空趣味和方言的口语运用等（《小山回家》正是以方言来演出），基本上大致照单全收。但20世纪90年代的中国始终与二次大战结束前后的意大利有根源性的差异，前者经历经济开放后的资本主义逻辑冲击，与后者主要因战争而引发的社会问题背景大异其趣，何况后者的消亡某程度正因为意大

---

① 顾峥，《小武》副导演，青年实验电影组成员，贾樟柯同期就读北京电影学院文学系。曾撰文《我们一起来拍部电影吧——回望青年实验电影小组》，收录于《贾樟柯电影——故乡三部曲之"小武"》一书，文章提及第五代导演（其电影中的中国愈来愈陌生，而他们的一套拍片模式、成功模式也开始在误导中国电影）。

利的经济逐渐繁荣,从而把部分社会问题掩盖下去息息相关,现在于异代他乡在经济繁荣后重现相近的美学探索,反而是一更加兴味盎然的变化脉络。

在此我想引入解读《小山回家》及《小武》的另一道钥匙:本雅明的"闲逛者"概念。本雅明介绍都市"闲逛者"的特色,点出他反抗专业分工,拒绝勤劳苦干的规限;小山因要回家而被老板开除,以及小武以"手艺人"(小偷)的身分行走于家乡汾阳,不约而同是对专业的一种消解态度(尤其是后者不断被他人劝诫,要学习儿时友好小勇般成为"专业"的商人)。但更重要的,是本雅明笔下的都市"闲逛者"其实不再与消费文化及权力建制必然对立,他对物质世界的光环及消费主义抽离地投入,和"新写实主义"时期中外在环境与主角遭遇基本上构成压迫性的二元对立关系不同,前者流露一种敌我难分的暧昧气息来。正因如此,小武在歌厅内认识初恋所爱胡梅梅,尽管后者终跟了太原来客不辞而别,但也诱使了前者正视自己的弱点:引吭高歌,通过《心雨》来宣泄心中的激情。在游走于食肆、电影厅、歌厅、理发店及街头电话亭之间,贾樟柯毫不隐瞒作为"闲逛者"化身的王宏伟(饰演小山和小武的演员)与场域的格格不入(在歌厅不懂唱歌,在理发店不理发,在街头电话亭陪伴梅梅打电话),在边缘化主角一刻,也暗中点出他正是当代城市的零余者一群。

长镜头的动与不动

作为把"新写实主义"及"闲逛者"美学作混糅结合的体现,我打算以《小山回家》及《小武》中的长镜头技法来加以说明。贾樟柯对作品中的长镜头应用十分自觉,在《小山回家》中用了七分钟去捕捉小山的行走，而且更明言目的是要"直面真实"。他甚至借分析侯孝贤的长镜头作对照，认为侯导每次凝视后把摄影机摇起，用远处的青山绿水来化解内心悲哀，都已经是一种回避的诗化选择。他醉心的无疑为一步一步进迫角色的内心窘境，来做毫不修饰的剖陈来让大家去正视血肉淋漓的人生，显然是一百分百"新写实主义"的取态。

但如果我们细心留意贾樟柯的长镜头美学，他总是利用一种动与不动的节奏，来营构出其中的直面人生起伏。这一种观照方式，可谓与本雅明独特的"闲逛者"游历方法不谋不合。汉纳·阿伦特（Hannah Arendt）在为《启迪》所写的序言中，提及"闲逛者"的漫无目的，固然与城市中拥挤人群的匆忙及目标明确化的惯性对着干；而更重要的借引述阿多诺的观察，点出本雅明文章中从极度激动不安转换到某种静止、运动本身的静止概念上的演化。事实上，她后来以本雅明书写巴黎为例子，道出"闲逛者"的独特步姿，正好包含一种既是行进又是逗留的奇怪混合状态中。如果行进代表边走边观察的直观体验，则行进后的缓留就成为思考的暂留空间，从而去把每一次的闲逛作反思整理的小结。

在《小山回家》中，最精彩的一段行进长镜头，自然是小山与霞子的三行三停的经营处理。当小山决定要回乡过年，他第一个去找的就是当妓女的同乡霞子。从他第一个就去找霞子，可知她在小山心目中的重要位置，但与此同时，也因为妓女的不体面身分，令小山刻意地与霞子保持距离。在两人见面的段落中，三次展示两人行走于不同地方中的步姿：一见面小山即以快步来摆脱霞子，即使后者不断呼喊小山要慢下来，他也置若罔闻。直到公交站前，两人才得以停下来，而交谈中开始出现火药味，霞子对小山一直的不相闻问以及对后来的同乡不加搭理，已表现得不太高兴。

其后展示的第二段行进镜头中，可见到霞子开始反客为主，在人群中不断超前小山，而小山也好像在斗气似的，一直在加快速度，形成两人在竞越对方的有趣画面，终于在西单商场外的单车停泊处才停下来交谈。这一次因小山不愿入商场而触发两人言辞上的大对决，霞子对小山的爱理不理忍无可忍，同时认为后者并无资格去看不起自己，反之小山一直以回避的态度去避免响应，形成僵化决裂的场面。

然后镜头再接回第三段的行进场面，小山手上已捧着霞子买好、托小山带回乡的衣物，这一次霞子带头于商场内及里巷的小店穿梭，小山则紧随其后。正当观众以为行进的主次关系故意来一次逆转，忽然间霞子又失却了小山的影踪，在三百六十度的环视镜头搜寻后，好不容易才捕捉到小山的背影，关系又恢复到原初的起点。终于因为霞子的传呼机不断响起，于是两人才在摊贩背后的位置作出最后的冲突。霞子向小山交代回乡后的报喜虚辞，当小山表示知道后，激起霞子"知道——你都知道什么啊"的愤慨，把一直抑制着的郁结泄露出来。

以上三行三停的编排，正好在行进段落呈现观察上的趣味——两人关系的拉锯战（霞子在公交站只能倚靠站牌而非小山的肩膀），而在停留的位置披露直面真实的冲突。前者依赖脚步，后者信任言辞。对贾樟柯来说，侯导便会把三个停顿的位置填上青山绿水来舒缓情绪，但他的选择是激化矛盾。每一次的停顿都不过在准备下一次更难堪的争吵，而把两人之间的冲突一步一步深化。有趣的是，这种配合"闲逛者"行留动静韵律的方法，到最后又对小山作出了反讽——他对霞子的不理不睬，后来也成为同乡舍他而去的对应脉络（没有人陪他回乡，东平承诺陪他买书也放了鸽子）。

收藏微物的"闲逛者"

当然苏珊·桑塔格在《单向街》的英译本导言中，提及本雅明自身的忧郁病患者性格，乃至伴之而来的缓慢及笨拙等特色，均极为吻合"闲逛者"的漫游情致。事实上，以上的标签都是与社会格格不入的基本条件，也唯其如此，小山及小武才得以利用另一种速度，去重省身边不同的物象及人事。苏珊·桑塔格更精辟的观察，在于留意到本雅明笔下的"闲逛者"，同时也是一个微物的收藏家。"本雅明既是一个游荡者，四处漂泊，又是一个收藏家，为物品所累。"而微物本身，"它既是整体（因为它是完整的），又是碎片（因为过小的规格，不正常的比例）。它变成了无功利沉思和狂想的对象"。

小武正是一个对微物着迷的"闲逛者"，而且某程度来自本能性的驱使，例如在小勇家中他会把放出贝多芬乐章的打火机顺手牵羊，其后更成为文本中的重要道具——既是他自娱自遣的伙伴，也是他与梅梅在昏天黑地歌厅中的心灵导航器。又如他拾来的苹果，当被吴胖子随意夺取而去作一次无伤大雅的追逐游戏后，小武便忽然怒火中烧拂袖而去。至于原来买给梅梅的戒指，在转送母亲后竟然发觉再被转送给老二的妻子，也因而触发他大吵大闹，且与老父翻脸离去。最后在为了梅梅而出的一台传呼机上，讽刺地在已不属于他时（被公安扣押后而没收了），才传来梅梅的问好：一位姓胡的女士祝你万事如意。以上的微物或多或少都象征了一种秩序（传呼机只用来收梅梅的留言，拾来的苹果不可以被他人拿去），以微物方式显现且加以收藏正好包含一种把现实凝定的倾向反射。所以当小武连微物的摆弄也未能掌握，也正好同步显示出他的世界正逐层崩溃（传呼机中的爱情、戒指中的亲情及苹果中的友情）。

　　事实上，由《小山回家》到《小武》，贾樟柯不断显示把故事从另一头说起的相同困局。当《小山回家》中的霞子抱怨若是男儿身，早去偷去抢为娘医病，《小武》正好告之其实去偷也不是一条出路，同样未能满足家人的需求而落得只影形单；当《小山回家》一众安阳青年来到北京恍若迷失于都市中而四分五裂，《小武》的响应是在故乡山西汾阳也不见得人间有情；当小山象征性把头剪掉隐喻放下都市的不快准备回乡，小武在理发店旁观正好预告世界的变化于乡镇也无可避免。当然我不是说小山的北京和小武的汾阳并无异致，至少当妓女的霞女在京是被憎厌的对象，但在晋的歌女梅梅却是欲望女神；小山永远打电话找不到同市的人，反之梅梅却轻易可在街边的亭角致电长途给在远方的母亲。导演尝试告诉我们无论在城在乡，于眼前的时空中，总之就是一切皆不可相信，任何东西均会流动。如果小山身处北京叫人变得失语及浮躁：东平不守诺，清华买不到车票，连小山自己对变娥也搞不清头绪；而小武同样头头碰着黑：小勇不理有福同享的诺言，郝有亮把小武扔在街头，连母亲都把戒指易手。但"回春药店"无可奈何也要搬迁——内外的动荡不安由是得到美妙的结合。小武愈依恋微物，更加把他与周遭一切的格格不入彰显得如雪亮白。所以贾樟柯最后与小武开的一场玩笑，就是在大街上把小武留给他最后一个微物伙伴——那就是他被缚着的手铐。连对微物的感情也被掏空，导演直面真实的狠性委实不用怀疑。也唯其如此，才成就出我喜欢的前期贾樟柯。

杨德昌的餐桌两性角力战

——从餐桌战争重省杨德昌对两性角力的思考

自从杨德昌逝世，大家都在面对"如何在今天书写杨德昌？"的挑战①，提出新课题阐释似乎有燃眉之急的迫切性。我反而关心过去对杨德昌的讨论，是否已经到了结案封档库存的阶段；至少对自己而言，80年代的杨德昌作品，仍属纷繁多姿的人性检视蓝本，还有甚多可供思考的养分在内，堪可玩味参详。

餐桌上的战争

是杨德昌率先提出拍腻了吃饭场面。他戏言在《海滩的一天》（1983）中，拍得太多吃饭的戏，所以以后要尽量避免②。然而他在《海滩的一天》之前或以后，对餐桌场面的精准捕捉，其实并没有两样，变化利落更令人拍案叫绝。早在处女作《指望》（1982），小芬（石安妮）一家人的晚饭场面已经充满张力。母亲（刘明）蓬松鼓胀的发型，明确标示出沿自20世纪60年代的时代印记；电视上播放的却是披头士的映像，姐姐（张盈真）目不转睛凝视他们在唱Ticket to Ride；小芬正好就是一名饭桌上的旁观者，静观家庭战争的酝酿及爆发。终于母亲率先开火，对姐姐明言："明年考不入大学就去找一份工作！"杨德昌甚至担心观众未能细心察觉到当中的战意，于在连电视画面也跳接到越战新闻的

---

① 黄建宏：《杨德昌的台湾寓言——运用妄想症批判法的儒者》，"台湾电影笔记"网站。

② 杨德昌专访，《中国电影档案3——杨德昌》，时报文化出版，2003年11月30日初版，第10页。

镜头，轰炸机投入炸弹，有人抱起已逝的小孩急步离开。导演提醒我们，中国人的饭桌上从没有免费晚餐，每个人都要为自己的一口饭付出代价，所以中国人的社会化，其实从来一早就由餐桌上开始——要么学懂如何养活一家人，否则最好沉默是金忍气吞声。

我认为杨德昌正好看中了餐桌上的一切，恰是中国人对秩序理解的缩影，任何人只要一上场坐下位置，就要循例重俗履行任务（所以即使在父亲阙如的小芬家中，母亲也要母兼父职充任父权指令的执行人），而这正是对秩序重构的角力思考，一个最佳的展示赛场。正因为此，杨德昌对餐桌战争的描摹，其实从来也乐此不疲下笔着墨。

此所以杨德昌对餐桌上的虚情假意，一直看得冰清细致。而且餐桌上的权力分配，表面上是以长幼为序，其实暗地里仍以权力为训。在《青梅竹马》（1985）中，阿贞（蔡琴）家中的一餐晚饭正好见此端倪。阿贞父亲表面主导了餐桌上的话题，由对阿隆（侯孝贤）的美国之行探询，到质问他与阿贞之间的关系，似乎与餐桌秩序所反映的一贯上下权力分布并无异致。可是只要细心察看，自可发现老父愈声若洪钟侃侃而谈，对眼前无力感的映照，反而构成更强烈的讽刺。老父一方面对阿贞不满埋怨（今时今日连未嫁出的女儿都可以搬离家居住），同时又委婉低回地向阿隆求助（探询可否找人购下他一批被美国退回来的偷工减料货品），时代的变化已经清晰可见。权力转移已属铁一般的事实，关键只不过在于上下两代人，用哪一种方法去面对更迭了的关系变化。

同代人的困兽斗

在上下两代并存的餐桌场面中，杨德昌大体上仍以下一代回避正面冲突的方法来处理。一旦进入代际并存阙如的场面，导演便毫不吝啬，以不同手段大胆正视由餐桌风波所隐喻出来的秩序体系崩溃写照。《青梅竹马》中小柯（柯一正）与阿贞有若即若离的暧昧牵连，两人在办公室中讨论下班后往哪里放松一下。阿贞对于小柯老是挂在口边的"来吧！去喝杯啤酒"，忽然间大感不满，按捺不住开火还击："啤酒！那究竟是你的借口还是偏好？"我们当然知道那是阿贞对父亲不满，却通过饮酒作为联系的想像，从而再不压抑个人感受（对比起在父亲存在的餐桌场面中保持缄默）。可是当两人到夜市进膳时，小柯的点菜出卖了自己的本性——他要了一客猪肝面。后来我们发现他下班回家，原来感情冰封的太太仍会克尽己分，为他预备好一碗猪肝面在桌上，让他独自进食下咽。此所以他每次建议与阿贞去喝杯啤酒，一方面原来是回避回家后的尴尬，另一方面也怕露出马脚来——他从来就是安于现况个性含糊的人（对应电影一开始，他对着窗外的建筑物，慨叹每一栋都大同小异，连自己也分不出哪一栋是自己的作品），所以后来即使在电话中向阿贞表示与妻子已讨论离婚问题（又是一场餐桌战争的变奏，那时候阿贞正在家中招呼朋友，阿隆因话不投机而提早告退，及后小柯才摇电来求爱），不久便被阿贞在便利店中偷窥到小柯与妻子仍貌似恩爱地一起购物。同桌吃饭从来都需要虚情假意，只不过各自修行的本意原来就是互相蒙骗，那正是杨德昌切入餐桌神经的尖刀。

所以杨德昌对同代人在餐桌上的暴烈场面从不回避，如果餐桌不过是房门的另一换喻，那么对谁在席上的张力展示，肯定来得更淋漓痛快，因为私密与陌生两端的角力，较入房出门的变化幅度来得更动荡颠簸。在酒吧中的一场中，阿隆与阿贞的雅痞朋友打起来，表面上是后者在掷飞镖上激怒了阿隆（嘲弄他过去不是少棒成员吗？为何掷飞镖的技术那么差？），其实核心要点反而是在阿隆未到场前，阿贞友人代为向雅痞探问：你那边可不可请阿贞（当时阿贞正好辞了职，处于失业的状态)? 可是他连忙油腔滑调响应：我公司那么小，岂能大材小用！联结起及后他说的中国人短什么、美国人长什么的黄色笑话，导演正好提醒我们：阿隆出拳要击退的，正好可能是另一个自己！如果上一代已明言不偷工减料生存不下去（阿贞父亲），那么贞父的时代缺憾，仅在于蜕变得不够彻底，因此才成为被淘汰的牺牲品。至于阿隆，他要不要成为另一个雅痞，还是跟随贞父足迹被淘汰，那正是餐桌上秩序正面崩溃后的贴身问题，再没有逃遁回避闪缩的空间。

何况餐桌上的角力，不一定要以对立价值的争斗来展示。在《青梅竹马》的另一岔在线，阿隆一直对过去的球伴阿钦（吴念真）照顾有加，甚至在阿钦妻子出走后，在餐桌上奋力激励对方要振作图强——那正是一呼唤已崩裂了的餐桌秩序回归的悲鸣仪式。讽刺的是，阿钦太太之离去，其实导火线恰好因阿隆一手造成，他跑到赌馆把钦妻捉回家照顾小孩，以为可以扭转乾坤重整秩序，结果反而激化了钦妻的出走决心，令阿钦的生活陷入更困窘的境地。以上场面，我认为杨德昌在《恐怖分子》(1986) 刻意来了一次重构，同样是妻子出走，这次的主角是医生李立中（李立群），他在失去了升职机会的双重打击下，走到警探老朋友老顾（顾宝明）家中，虚构升职的喜讯，并决定与老顾在餐桌上喝一杯好好庆祝。我认为詹明信（Frederic Jameson）在"重绘台北"（Remapping Taipei）一文中，对这一场的分析颇为精辟①。他指出李立中面对老顾撒谎的场面中，身体语言与先前的表现大异其趣——脸上堆满不自然的笑容，语调装成充满自信的恍然大悟（没有太太在身旁也无大碍，医院对自己的肯定反而更应努力回报），构成一种错位的奇异演出，因为李

① Jameson, Fredric. "Remapping Taipei", in *The Geopolitical Aesthetic —Cinema and Space in the World System* . London: BFI Publishing, 1992, pp. 114 –157.

立中的角色，由始至终没有展示过上述的神态表情——简言之，他根本
在电影中从来没有笑过！我想指出李立中的餐桌谎言，其实正是阿隆的
易容变奏。阿隆在酒吧以及在阿钦家中的餐桌上坚持己见，如果终以失
败收场（自己死于公路旁，钦妻一去不返），那么李立中只不过提供了妄
想背后的另一端面貌（那一场可以视之为周郁芬小说情节中的一幕来理
解），就是蹩脚的形似雅痞化想像，同样只有死路一条（李立中翌日便开
始持枪杀戮，又或是如第二个结局安排般自杀了断）。此所以餐桌上的秩
序至终也没有回复平衡，又或是过去的秩序根本在新时代中再也不
存——大家再没有固定的角色定位，也没有终极不变的权力关系支配，
取而代之是流动的身分，不断起落易位。此所以在梅小姐（陈淑芳）与
阿贞进餐的场面中，她不下一次提点阿贞要注意身分位置，以及背后种
种牵连的关系——她可以随时不再是阿贞的上司，而没有任何道义上的
责任，也建议阿贞尽快搞清楚与阿隆的关系（是不是去美国?），亦提醒
阿贞不要与同事有感情瓜葛的纠缠。背后的因由是，每一段关系都代表
了一种角色，关系不明晰又或是拖泥带水，就会阻碍了角色转换的流动
性，而那，正好就是在新时代餐桌礼仪上的大忌：秩序席列回复不到重
整编定的状态。

直刺女性心脏的匕首

黄建业把《海滩的一天》定性为"女性成长与台湾经验"展示的重
要作品，那当然是总结归纳性的综合评价①。在专访中，杨德昌也曾暗

---

① 黄建业：《杨德昌电影研究——台湾新电影的知性思辨家》，远流出版，1995
年1月初版，第77至99页。

示"女性导演"的冠冕，有窄化了他艺术生命的潜在可能①。他响应对詹明信以后现代主义来加诸《恐怖分子》上作详析，认为人性本质才是个人的关注焦点基础，思潮理论的方向不是自己的一杯茶。我认为他说明对人性看法的部分特别有意思：他认为与其寻找我们之间的差异，又或是追溯彼此的微末距离，倒不如先去好好了解大家的相同成分，也即是人性的普遍元素②。我认为杨德昌的厉害之处，正好在于没有囿于性别思考的限制，与其说他细致地探索新时代女性处于传统与现代夹缝中窘境，倒不如说毫不容情对人性的自私探究，更精准地深入骨髓，叫人不寒而栗，也正是令人佩服的地方。

黄建宏指出《海滩的一天》中，青青（胡茵梦）及佳莉（张艾嘉）两人的回忆无法接合，"所以，影片的叙事所经营的最大伤感，是记忆与记忆在时间上的错过，林佳莉的记忆无法投射到谭蔚青的生命，反之亦然，对方的记忆往往是错失结果的重新开始"③。换言之，杨德昌突现的不仅是传统定见中的性别对立冲突，实际上即使是姐妹情谊的和衷调解，其实也不过为表面的徒然梳理，目的不在于重建关系，而只欲完成个人的历史任务，为自己生命的空白黑洞补回缺失了的一块。所以两人的重遇处境，严格来说极为怪异，碰面后一方面既好像完全没有时间限制，油然分享多年来的错失细节，然而另一方面又似乎没有保持联络的意图，甚至连德伟（毛学维）的下场也不太上心，恍若彼此早已有心理准备——大家只会见这一次面，来把记忆加以残务整理作一了断，把自我的历史碎片凑合成整体告终。

① 同本书第 152 页注②书，第 13 页。
② Marchetti, Gina, 2006.
③ 同本书第 152 页注①。

　　那其实是对女性不客气的批评，当然杨德昌指涉的是普遍人性的自私心理，男女皆然，只不过男性因父权蔽目的表现，在过去不同的电影文本早已多见，反而令我们对女性背后抱持的私心，更加大开眼界耳目一新。黄建业以图表去勾勒出林佳莉成长年代的个人与社会变迁对照，我认为可以进一步加以补充说明：黄建业的对照是以压抑／反抗的二元方向来理解，因此林佳莉被看成为受客观条件约制的人，诠释为受害者的角色。我不排斥以上的阅读方向，但杨德昌的过人之处，正好在于没有把性别角色的变化，定型为男女价值观不同的简化二元对立。他其实不断暗地里点明女性同样不断在利用眼前的环境变化，而《海滩的一天》是最佳的说明文本。青青及佳莉其实都是拥抱矛盾价值的"时代女性"，简言之就是既要独立自主，同时又要有家庭价值支持及保护。前者属映衬的辅助说明，后者更属正写的主要形象。青青在茶聚中表明事业愈成功，感情生活益发空虚，然而现实中她却一直采取回避态度，甚至连面对过去与佳森（左鸣翔）的瓜葛也畏首畏尾，对事业与感情的平衡要求，本来就是不肯付出却希冀收获的妄想。佳莉的例子更加明显，当德伟与佳莉新婚仍处于蜜月期，两人早已在床上起过一场舌战。德伟抱怨每天不想应酬，却又要喝得一塌糊涂；佳莉则表示自己每天在家也不是闲着，有很多细务要处理，但下一句迅即表示想去学插花。当佳莉表示上班好像是为别人做事，而自己喜欢为自己做事，德伟按捺不住道出气话：实在太不公平，我每天要那么早起床，你却可以赖床！背后的控诉为：佳莉的赢家通吃逻辑，其实与商场上的信条并无异致——既要自主（不用上班，为自己做事），又要家庭价值保护（要求丈夫回家吃饭，要令家似一个家）；唯一的"付出"大抵就是离家出走的决定，并且以为德伟正好需要为补偿她的伟大"付出"而劳碌一生。

　　杨德昌对人生的细致审察，反映于对女性处境的检视，我认为真正的贡献是看出了新时代女性温柔地要赢家通吃的阴暗面：面对传统家庭父权价值，以受害者角色出现，追求自主自由的解放空间；面对现代商场物化价值，则以索求者的角色现身，要求情感及家庭价值回归的安抚。

那才是杨德昌作为"女性导演"的真正意义。

回归餐桌的人性角力

是的，一切仍须回到餐桌上解决。

《海滩的一天》的高潮戏，其实出现在中段，当佳莉驾车往台中侦查德伟的行踪后，两人回家及吃饭时一直沉默，结果佳莉在洗碗的过程中终于爆发，把碗碟扔下地上摔破，然后质疑德伟不明白她为何会胡思乱想。两人的饭后争吵重心，其实在于对自私的互相指控。当佳莉批评德伟太自私，德伟反击究竟是谁自私？"你每天要求我回家和你吃饭，让你安心，难道就不自私？你这样的要求不是很自私吗？"这其实是电影中少见的对立冲突场面，事实上杨德昌的作品，对于新时代的男性塑造，往往以回避与同代的女性冲突作为主导特色。安德逊（John Anderson）认为德伟往往回避冲突，乃出于他的良好人性本质。与《青梅竹马》的阿隆一样，他也是后女性主义一代的男人（就正如杨德昌本人），往往被他们的自觉性阻挠真正情感的表达①。我认为如何理解德伟的表现，是论者所持立场的反映，不过文本中所呈现的状况，才是导演真正的意图所在——杨德昌提醒大家，无论是温柔或暴烈的一方，在餐桌战争中其

---

① Anderson，John.*Edward Yang*．Urbana and Chicago：University of Illinois Press，2005，pp. 26 – 34.

实都不过旨在利用不同的手段，来企图在秩序更新后的处境中，寻找对自己有利的位置。和过去较为明确的差异，在于以前的餐桌秩序其实清晰有序，正如上文提及，若非按长幼序列安排，就是以经济权力的转移为依归，但新时代的餐桌角力却来得复杂诡谲，正如在佳莉与德伟的饭桌角力上，经济主导者（德伟）不一定占上风，那正是杨德昌利用餐桌场面作层层深入钻探的精妙之处。

正如上述的场面，当餐桌秩序未能重建，而同代人中的伴侣甚至成为对头人，杨德昌的处理是干脆让他们连餐桌也坐不定，就好像德伟和佳莉要离席隔空吵闹。而集大成的餐桌战，我得指出乃见于《恐怖分子》。周郁芬（缪骞人）在交稿后表示要搬走改变生活方式，李立中在餐桌上与她谈判，提出一直以来都在顺从着她的意旨行事，究竟她想要什么？周郁芬选择离座走入厨房，杨德昌用了巧妙的镜头处理，她一直面对镜头（其实是墙壁）七情上面地哭诉自己的委屈：小孩、家庭生活等均会毁了她的一生，就会年年月月刻板度过，反过来质问对方知否自己需要什么？这一场的厉害之处，导演一方面把佳莉的版本作态度易转式的重构，如果佳莉代表温柔地要求赢家通吃的一面，那么郁芬就是主动砌辞的高手以图争占角力的高地——当她要求对方明白自己需要什么，其实自己一直也未能提出答案（嫁李立中，生小孩，辞职写作，一切都是她的决定，却好像完全与她无关）。这正是上文所云的梅小姐角色变奏，在新时代下一定要保持角色身份的流动性，否则就一定成为输家，而郁芬不过用了文化包装的口吻把私利点明——在这一点上，杨德昌对她的冷然审视，较梅小姐的角色来得更入木三分。

另一方面，导演选择了设定郁芬要背对李立中，却面向镜头（即向观众）的剖白方式，我认为是对餐桌战争最深刻的延展发挥。餐桌战的特质为四目交投，距离接近，人性易见。杨德昌把这一场餐桌战，以空间错位的方法处理，既点明郁芬根本就无法面对自己的阴影部分（背后的李立中以及一起走过的历史抉择），更重要的是直陈出自白的对象是观众而非文本中的受话人丈夫。那是一场修辞与眼泪的表演，目的是要观众认同及接受，而非与李立中作出沟通对话——原因只有一个，郁芬已不需要重整餐桌秩序，她已经决定了离家弃桌，而在台市的另一个角落，早已有沈维彬（金士杰）的雪白大床在等候她。

杨德昌，正是这样的让人回味无穷，他把人性的弱点看得那么透彻，又怎能不冷静抽离呢。

香港人

序：生活在他方

房慧真 台湾新晋女作家

《单向街》作者

　　如果阿汤生在我城。台北，小康四口之家，城市边缘的三层旧式公寓，两房一厅，阿公、阿嬷在乡下守着祖上薄田，种田辛苦，促使阿汤的父母离乡北上做工，阿汤为城乡移动，迁往都市的第二代。阿汤有个兄弟，两人分得一间房，上下床铺加衣柜、两张书桌，已无旋马之隙。日后阿汤回想起来不免带点憾恨，每次从同学那里传了色情书刊回来，就恨不得睡在下铺的哥哥能游回母亲子宫，取消出世。躲进唯一一间厕所，三不五时有人敲门，闹肚疼的有如狂牛附体，再不开门简直要冲撞进来，撞进来，撞见总是仓皇局促的青春，无处收拾，总是狼藉。要等阿汤终于过了青春期，阿汤的父母才有钱整修旧屋，将后阳台整个收进来，重新隔间，成了阿汤的房间。两兄弟因为工作、求学的缘故相继出走，一下空出了两个房间，旧货、杂物，二十年来的生活案底回头填满阿汤那一间，成了仓库，复归于无。阿汤觉得，人生就是不断地点燃火柴，继而幻梦消逝，拥有再抵消，这是一切虚无的开始。

　　"我城"的阿汤不会知道，在世界的某处，平行存在着"另一个"阿汤。镜像那头的慈云山（Tst Wan Shan）屋邨①，或颠倒，或增生，

---

　　① 位于香港九龙黄大仙正政府兴建的公共房屋（public house），建成于20世纪60年代，是全港最大型的公共房屋

或变形，万花筒的三棱镜下，映照出"另一个"阿汤的生活，二折射为四、四分裂为八、八口人一单位，生活就是挨挤摩蹭，贴墙面壁，即使无过。无水泥墙隔间，无厅房之别，尼龙床架起，就是一个流动床位，布帘拉起，这边更衣那边用饭，那边麻将这边睡觉，东边日出西边雨，不能保证不越界、无侵扰。好几户人共享一处室外厕所，敲门声响得更急了。提水去洗澡，小身躯大水桶，颤巍巍地中途便洒了半桶出去，沿着公屋长廊，滴滴答答的水渍跟了上来，拖泥带水，磕磕绊绊，重重设下的限制，就是无法把日子过得爽快麻利干脆一点。

"我城"的阿汤，和镜像那头的"另一个"阿汤，同样为生活中的困顿与细琐所苦，无处可逃。镜头拉远一点，即使在巴黎，特吕福《四百击》中尚皮耶李奥（Jean-Pierre Leaud）饰演的小男孩，狭小的屋里，他的小床位于通道，毫无隐私的尴尬地带，对于这个家，他显然是多余了。或者在东京，村上春树笔下的十五岁少年田中卡夫卡，他是这么说的："世界上尽管有这样宽广的空间，可是能容得下你的空间——虽然只要一点点的空间就行了——却到处都找不到。"台北、香港、东京、巴黎，不管是哪一个阿汤，困局皆一样。

走不出的困局，博尔赫斯的小径分岔的花园，既有死路，也生出活路。在慈云山的阿汤，是屋邨的暗黑网络，"它们联结互通的构造，已经令到捉迷藏的孩童，对它有迷离境界的叹喟"，千回百转，曲折迂回的秘道，也许你会在下一个转角撞见不得家门而入的"白粉道人"，也许给小喽啰"笠"抢去一袋橙，也许遇上什么淫魔变态佬，那些外来的凝视者喜绘声绘影，附会以八卦的屋邨奇谭，无妨于成群的孩子，屋邨第二代，在这座如蜘蛛巢城般繁复的立体迷宫中，旷日费时地镇日耽玩。同样的蛛巢小径，可以由垂直压为平面，在"我城"

的阿汤，他的游乐园同样曲折，只是将公屋连结互通的长廊，转换成街廊里巷弄，城市腔肠般的幽静长巷。总知道上学快迟到时哪里抄近路，冤家路窄时哪里避风头，玩累了，就到巷口的柑仔店[即彼城"士多"（小卖部，零售商店）]买瓶弹珠汽水，手忍不住伸进大小玻璃罐里的耐嚼零嘴，红红绿绿的颜色，大人说有色素，总不给吃，要偷偷吃。成长的年代，大部分的父母忙于工作，小孩成了钥匙儿童，叛逆一点也许就结为童党、辍学、飙车、打群架，香港有古惑仔，台湾有侯孝贤的帮派电影。不同的是，香港的听许冠杰，台北的听李宗盛、罗大佑。香港的踢足球，效忠阿森纳或切尔西；台北的打棒球，偶像从红叶少棒到王建民。时移事往，相同的感慨是，士多、柑仔店不敌现代性潮流，为"7—11"、"圆圈K"所取代。

　　有没有一个魔术时刻，像电影里的狼狗时光，让镜像两头的世界，互相照见？对慈云山的阿汤而言，在自家的窗口，观看邻屋的一举一动，是石屎森林中的免费娱乐。有一天他望见对窗，里头有一个小女孩正做着家庭代工，帮母亲穿计算器电路板，写广告明信片，一张几毛钱。当年的我，也恰巧望进对窗，望见正串着胶花、弄表带①的少年，忍不住互相说了一声："原来你也在这里。"

　　① 串胶花、弄表带：就是做那种十支塑料花一毛钱的活，以前很多人没钱就揼这些劳动力低智商的活，这两种都是劳力活，流水线上的低能工作。

What we talk about when we talk about Tsz Wan Shan?

纪实与虚构／流行自作业／走出地图册／私人俱乐部／Yoo! 白粉道人!／屋邨的暗黑网络／保护文物时间／厕所惊魂／影像风格的诞生／球爱的少年／自己的房间／结束的开始

纪实与虚构

当友人提到想编一本小区私档案，我登时忆起吕大乐在《在屋邨长大——神话与现实》中的警告——所谓"在屋邨长大"，很大程度上是以今日的处境来重组的一种集体记忆。正如他所云，强调"在屋邨长大"有自我肯定，显示个人凭努力取得成就的心态；同时选择性地决定集体记忆的内容，也是一种逃避面对社会上仍存在不平等意识形态的表现。闲聊中李照兴也直截了当地表示怀疑回忆的真确性；是的，在我们所经历的书面训练中，我所能做到只能够抱着自己的"偏见"，去尝试叙述一个以慈云山作为文本中心的成长故事。幸好今村昌平在我出生之前，已用《人间蒸发》为我释窘解惑。纪实与虚构的绝对分野，从来都是人为的想像；我倒想起寺山修司在《死在田园》中不断让现在与过去的自己争缠讨论，又或是王安忆在小说文本中冲击疆界，到头来都只能沦为一厢情愿以为自我圆足的出发基点。但它们的存在仍饶有趣味，提醒了虚实交错的可能性；这样说并非表示我存心欺骗各位的读者，而是没法完全保证内文指涉在历史轨迹中可一呼应，甚至对当年在文本内客串小角色的自己绝对忠诚。于是选择性地回忆或阅读，成为切入的必然途

径；而谁又有权决定别人在误读历史呢——当我也是其中一个误读者的
时候。那么，不如就让我们从误读去开展故事吧……

流行自作业

　　印象中慈云山的居民，来自各木屋徙置区的上楼（指住进屋邨）
客（例如源自观塘一带的），经济环境一般属于中等或中下阶层。慈云
山并非官方所谓的什么卫星城市，小区内的经济环境根本无可能自给
自足，所以大部分肩负起家计重心的经济支柱成员，都过着日出而作
日入而息的生活。存在于小区内的经济商业活动，仅能够局限在原始
性的服务行业上，例如士多、茶餐厅、理发店、五金铺及面包店，等
等，全部由应付生活所需出发。基本上慈云山与目前酒店式小区概念
无大差异，劳动者每天出入小区奔波劳碌，在居住的小区内用来应付
基本需要以外的时间少之又少。回想察看，我十分庆幸自己在慈云山
度过的是成长的岁月，而非劳动的日子，以致能有闲暇在山顶至山脚
的陡坡间，留下不少脚印与汗水。当然由于时代的经验环境关系，困
乏的年代自然会叫人想尽办法，把家庭内剩余的劳动力也动员起来，
加以补贴开支使费；由是我有幸赶上在家里串胶花、弄表带的尾班
车。对于出生于 20 世纪 60 年代末期，成长于 20 世纪七八十年代的
我，家庭手工业是一份弥足珍贵的经验。坦白说，我这一代充其量只
能称为寡欲而谈不上清贫，而家庭内的手作经济活动，基本上成为一种
与母亲兄姐辈的无言沟通——让自己明白到家庭的环境条件，以及应负
的责任。后来我更认识到，家庭手作业的经历，是与日后作为师友同僚
的前辈，所沟通的重要语言。对个人来说，更大的发现是提醒了自己在
往后经济充裕的未来，避免堕入了物质纵欲。由是对物质生活的理解，

也保持多角度视点的可能性，避免单一化的盲目追求。

走出地图册

是的，慈云山是"走"出来的；因为它是一座山，所以在斜坡上上落落成为每天的基本节目。上课遛街是指定家课，跟母亲行山及往街市是补充练习。那时候对远近之间的观念比较模糊，最明显的例子是慈云山有两个公交总站：一个就称为慈云山，另一个则名为南慈云山（在毓华街）。我住在42座，距离南慈云山站最少有十五分钟的步程，但印象中好像从没刻意计较往来的距离——南站好北站好，能够回到慈云山就是好车站。背后的理念是，能够"走"到的便是自己的居住范围。具体的象征是脚上的一双拖鞋，如果能踏着拖鞋走去的地方，也可以说仍是属于个人化的小区。所以慈云山对少年的我之地理意义，和地图册上一直有所出入——官方的大抵以南慈云山站作分界线；我则东到黄大仙摩士公园、南到新蒲岗启德游乐场、西到斧山道（因为钻石山一向荒芜，所以西方的疆界一直没有开拓），而北则几乎侵界至沙田（慈云山顶有路径直通沙田，步程不过一小时左右）。而往这些地方时，脚上的大多是拖鞋；假若离开范围，才会认真考虑穿上一双皮鞋或运动鞋。

私人俱乐部

强调走路的重要性，并非故作贫苦申诉连坐车的零钱也没有；而是在走路的过程中，往往会发现有趣的东西。当然有些地方只能凭走路才可以接触经历，山顶的野草杂树、半山的休憩茶室、在山上老来无依的半露宿者，全都是"走"来看到的。同时经验告诉我，马路旁的表面形

象往往不可信靠的；当年在双凤街圣母医院对面一列模型玩具店，全都
有暗格后门供我们这些学生哥上二楼打机（打游戏机）。大家甚至连任何
暗号也不需要，交换一个眼神便立即"芝麻开门"。更加不用提当年众说
纷纭的小说谣言——哪一间餐厅背后是赌档、什么理发店楼上会是妓
院；在无尽的想像中为平凡单调的小小区，增添自我消费玩乐的些微途
径。而且走路所开发出来的异域小巷，往往成为一种难以言喻的私人化
隐闭会所；说得夸张一点，迹近是租界内势力范围的表征。蒲岗村道目
前凤德邨的位置，过去也是高耸的山头，是政府全用铲泥车把它移平腾
出来建屋。而在移山的日子里，山上满布碎石沙砾的小丘，正好成为小
学生偷窥黄色书本的梦幻天堂。在其他日子乃至时段是否有他人占用同
一空间，对我们这些小毛头并不重要，只要在某一刻成为私人俱乐部，
张祝珊（我的小学）租界的观念便得以成立。孩童时胡扯，也会以到过
哪里哪里没有，作为一种见识广狭的标准；仿佛作为一个慈云山人，便
有责任走遍它的大小角落以及知道关于它的一切（那不是说反过来便是
羞耻，只是朦胧中有一种动力去边走边看）。背后的反讽是，当我们对慈
云山愈发侃侃而谈，其实更反映出对外边世界的无知——至少对成为中
学生之前的我，慈云山大抵已是我生活的全部内容了。

黑社会，你好

在慈云山成长的经验，很难完全避免与黑社会不作接触。我所指的
黑社会，不一定要亲身入帮会为非作歹，而是现实上满山遍布的小喽
啰；一层楼中如果没有三几个人学坏，好像就连整栋大厦也丢脸得面目
无光。《古惑仔》电影中，在球场讲数成为必然情节；Show off 反而是真
正目的，明枪明刀的火爆场面，其实甚少有机会为路人目睹。如果我们

退一步看，那些自认黑社会的小弟，又或是依附黑社会的寄生虫（如白
粉道人），或许更加普遍得来叫人忍俊不禁。"老笠"（被人抢劫）大抵是
慈云山少年成长的共同经验，不是你"老笠"人，就是别人"老笠"
你。而当时的所谓"老笠"，也十分儿戏，随便一把水果刀，加上自认什
么 K 的什么，就可以完成程序大功告成。一切仿如预先排练过的演出，
"老笠"客与"被笠"者都知道对手是草包，只不过衡量过左右，大抵没
有朋友会凑巧路过，才投降作罢。我对"老笠"印象，最深刻的一次是
被"笠"去一袋十二个橙。"财物"的损失还不至于最痛心，反而是明知
那家伙连对白也念得室口窒舌，自己好像连这些窝囊废也应付不来，更
加叫人发自己的脾气。是的，我只不过是良家小市民，碎料中的碎料，
小喽啰的欺压对象，仅此而已。

Yoo！白粉道人，驶乜惊呀！[①]

我所居住的六楼，庆幸地出了一位白粉道人，他是我儿时成长时刻
共对不可或缺的重心人物。他固然是"学坏"了的代表人物，也正因为
此而被自己家人禁止入室登床，每晚只能在走廊以尼龙床为家。白粉道
人终日以赤裸上身，短裤摇摇欲坠的姿态在廊上流连，而厕所自然便成
为"电"力厂——他上"电"的必然隐蔽场所。甚实也不知是他不好
运，还是我们不好运；因为当年的屋邨设计，两户人才可共享一个厕
所，而且位处屋外。所以道长的电力补给站，正好在大家通往大、小方
便之门的必经之路上。对于幼童及女士们，道长的存在确实造成一定的
惊吓作用。当然幼童仍较女士们幸运，终会长大的事实令我们迅即窥破

---

① 白粉道人，指吸食毒品的瘾君子；驶乜惊也，口语化就是"怕毛啊"。

白粉道人的底蕴——其实他只不过是徘徊于黑社会边缘的可怜虫。一旦
瘾起，手软脚软的窝囊相险些叫孩童有所冲动，把他一番戏弄。幸好基
于人道立场，我印象中彼此仿佛在消除敌意后，始终相敬如宾甚少有事
端发生。只是我们的角色也因而转变，由以前出入厕所要求兄长陪同，
变成为姐妹的如厕护花使者。有时甚至等得无聊，与白粉道人也随口聊
起天上来；而他老实不客气，向我们借用卫生纸亦成为习惯。自从相安
无事以后，我才日益觉察到小喽啰的民俗学本质——在保护个人以及宗
教利益前提上，"靠吓"是首要的伎俩；正如父母在敌人面前，会挺起胸
膛虚张声势保护子女。背后的基准是——当你觉得小喽啰可怕的时候，
其实小喽啰觉得身边的所有人更加可怕。

屋村的暗黑网络

　　早几年前常有色魔在屋邨横行的新闻，以前在慈云山也时有听闻某
某的女儿遇上变态佬之类（如露体狂）的传言。我没有机会接触受害人
求证，但屋邨的独特设计，确实为犯罪者开了方便之门。当年以57、58
及59等数座为例，它们联结互通的构造，已经令捉迷藏的孩童，对它有
迷离境界的叹喟。在A座八楼的楼梯一转，可以去到B座的十二楼——
即使是住在那里的识途老马，也不敢保证对四通八达的路径了如指掌。
一旦出现任何风化案，大抵除非受害人是黑带X段的女中英雌，可以灵
敏地立即捉拿狂徒，否则逃之夭夭的成功率几达百分之百。当然天台也
是一个良好的避难所，我也记得当年捉迷藏被人赶得狼狈，便会从顶楼
垃圾房内的铁梯使出下策上天台暂避风头。我想得出的用途自然也会存
于别人的脑海中。或许大家都心知居住环境的漏洞，故此"互助委员
会"几近成为每栋大厦必备的自发性组织。闻说全盛期会号召壮丁巡楼

保安，可惜不知是否余生也晚加上运气欠佳，自己的大厦既无委员会成立，附近邻座的横看竖看又只像老伯俱乐部。对于"互助委员会"这一章的观察，我只能惭愧地交上白卷。

保护文物时间

慈云山屋邨有不少楼高只有八层，大部分集中在云华街陡峭的坡路上，也正因为此，八层成为了地势上可接受的高度。我居住的 42 座，原先也打算建成十几二十层高的，可惜因地基不稳的问题，结果最后只能以八层的面目保存下来。从 42 座说下去，有两个观察我觉得饶有趣味，首先是 42 座正好是两头蛇——在两边地下通道入口，一边漆上 42，另一边却涂上 41! 有一段颇长的日子，我都搞不清自己的身份，在四周又始终找不到一座 41 的楼宇，而大家又好像从没疑问把自己视为 42 座看待。在慈云山近年的重建计划中，在毓华街旁的 66 座一直有被呼吁保留下来的意见，作为纪念全港最大型的屋邨标志云云。讽刺的是，像 42 座这样吞并了 41 这个号码的偷工减料编排，我没有深究是否还有其他的例子存在。倒是 66 座大抵总有一点梦幻成分，其实 66 座大厦从来没有并时存在过。而且政府早就为了不知名的缘故，把慈云山村分拆成所谓的五条屋邨——慈爱邨、慈正邨、慈乐邨、慈安邨及慈民邨，甚至为每一座起了一个名字，印象中我们所居住的被命名为爱善楼，但在信函往来上自己仍一直以 42 座称之。分久必合? 合久必分? 对待一条屋邨仿佛也沾上政治的滑头惯技，正因为此我们对保留 66 座的建议毫无感觉。

厕所惊魂

另一个观察是，所有的八层楼宇，它们的厕所均设于室外，而且两户一厕。我家较为幸运，因为人多租用两个单位，所以有幸可以单独拥有一个厕所。在我居住短短的十数年间，室外厕所已经历由蹲厕变成坐厕的伟大历史变革；而一个迹近无遮无掩，卫生程度逼近内地的男公厕，也被历史的巨轮淘汰。可是我们的生活习惯却被彻底改变了——请勿误会，我所指的并非由蹲而坐的日常公事，而是再也不用到厕所洗澡这回事。我对室外厕所的印象，大多不大愉快；其中一个主要原因，便是每天都要提着一桶水往厕所洗澡。由家出门到厕所，在分来钟的步程里，我往往会把满盛的水倒掉三分之一，于是抵达终点后便要小心量水而洗。尤其在冬天，情况更加恶劣，一桶热水未到站便凉了一半，我想自己从少便因此被逼患上洗澡抑郁症。另一个更不愉快的回忆，是每逢半夜三更遇上拉肚子的时候，实在叫人进退维谷。在四野无人，孤零零一人在走廊外的厕所熬上十分钟的滋味，对孩童来说不啻如弃于山林任其自生自灭般残忍。我清楚忆起童年时的噩梦，大多与被鬼魅夜叉在走廊追赶，最后瑟缩于厕所的我，惨遭发现的阴影相关，颤栗程度令人久久未能平复过来。如果要我选择，室外厕所大抵是我最讨厌的屋邨设计。

影像风格的诞生

记不起电影何时成为生活中重要的一部分，而且凑巧地也源自慈云山。慈云山只有一间电影院，就是位于毓华街旁的万年戏院，近年好像连这间硕果仅存的也关闭了。它的倒闭也份属当然，因为设施以至服务从来也没有像样过；倒是不知当年的时间是否太多，而可做的事又太少，所以上不了三、五、七天，便会去万年坐一坐。脑海中仍忆起看了两次《不准掉头》（廖安丽主演?）的印象，由此可证明一切纯粹从打发时间着眼。至于电影中出现慈云山的场景，最深刻的首推《公仆》里的一场夜戏——拍的正是我家背后的一个小公园，那时候看电影的情绪十分简单，它能够带我进另一空间，脱离戏院外平板生活的轨迹，所以对银幕上的一切要求不高——当然逐渐也知道，看的大多是烂片，戏院的环境也确实糟透了。反而在家中呆呆的时候，时常有一种感觉，仿佛这样就可以拍成电影。屋邨的楼宇之间，距离并不远，在自己家的窗口，往往可以用肉眼看到对面大厦，各户人在家中的一举一动。那时候便在想，如果有摄影机，由左至右慢移过去，一定会有千户人间的浓缩感觉，后来才发现这种镜头在电影中屡见不鲜，早成滥调。幸好这样我也强化了对自己的认识，正如我曾说自己不过是碎料中的碎料，想像力也不过到达人云亦云的地步，更加不应做非分的创作梦。但在狭窄的距离下，观看邻屋的一举一动，往往成为个多两个小时（一两个小时）的免费娱乐。衣服随晒衣竹掉下街、一家人在竹战、在厨房烧菜的主妇以及凭栏从小孔偷向外望的小孩，还有看到我的她（?）——后来看到基耶斯洛夫斯基的《十诫》，那份似曾相识的触动也油然而生。原来电影不是用来脱离现实生活，反之可以积极地介入生活，这固然是后来陆续积累经验才明白过来。而两栋楼之间的交流观察，也非一直互不相关冷然淡漠。我清楚忆记1985年5月19日的一天，香港队在北京夺得世界杯分组出线权，90分钟内四周如环回立体声般，由欢呼雀跃到沉默止息一直起伏涨退。到完场后，大众在窗口与邻座的人，一起互相欢呼的场面，叫我好生难忘。正是在那一刻，我才想起电影还有另外一个功能，就是把难忘的事情记录下来——那是我脑中首次涌现纪录片概念的时刻。

球爱的少年

慈云山有不少足球场，既有大至正宗的 11 人场（德爱中学后的水库球场）、也有一般大小的 7 人场（中央球场）、甚至不少篮球场因为篮球架只有两根柱的关系，所以亦成为迷你的小型足球场。当然足球场也是一权力体现的英雄地，大抵不用黑帮片提醒，大家也早已心中有数。其中自然以位于慈云山正中心的中央球场，成为球迷必争之地。严格来说，除非你有党有派，否则充其量只能在场边玩两脚，一旦踏进白线便会有被 "问候" 之虞。所以作为一般升斗小球迷，我一直只能在过大（水库球场）或过小（篮球场）的地方过过脚瘾。幸好慈云山的足球场总算较黑社会多，令到我辈小市民可以在不太困逼的情况下，延续自己的足球梦。但无论如何，因为足球梦难以畅快圆圆，所以篮球成为一不可或缺的替代品。在一段很长的时间，我每天下午的节目，便是在四时许，下楼买一份晚报，吃一点小食，然后到球场撩人斗波。这几乎成为一必然的生活程序（除了下雨天），而球场的伙伴也从不或缺，认识的及不认识的，都很容易埋位开波（各就各位开始踢球）。逐渐我愈发感到篮球场与足球场，是有两种逻辑在背后支撑运作；前者看胜负来得较轻松，后者则仿佛荣辱攸关。有一段日子，我发觉到不少身边的朋友，当提到踢球时，总以自己属于哪一支球队名之，一支球队俨然就是一种人际关系网（公司或同学），但却甚少听闻我属于哪一支篮球队之类的说法。当然人多（足球）及人少（篮球）的参与，会直接影响归属感的高低；但背后的观察是，篮球一直是一种运动，而足球有一种幻觉，仿佛成为 something more than 运动。也正因为此，当年在球场上，我们不会介意拍上一个水平差的篮球队友，反正下一轮可以换上另个。但是球队却往往不太愿意，接纳一位场边的二打六人来插一脚；即使逼于无奈接受了，一旦输了球，总会把责任推到那人身上。而我也为此缘故，往往成为足球场外看台上的观众（是的，中央球场有看台的设施），而非在场上奔走的其中一人。至于排球，除了 flirting with 女孩子（与女孩子搭讪）外，我好像没有见人玩过。

自己的房间

对于居住在屋邨的年轻人，大抵最大的梦想便是拥有自己的房间——那并不是指要追求经济独立，而仅是个人隐私的空间。我家居住的两间房，中间的隔墙被打通了，全盛时期有九至十人居住，好不容易用三张碌架床，加上厅里的流动床位，才勉勉强强应付下来。坦白说，没有人愿意在这样的环境终其一生，回头望只能视之为一时一刻的生活趣味。在进入大学于宿舍流连忘返乐不思家之前，唯一的自住房间幻象，仅在于部分与家人分占两个单位，却又互不相连的朋友身上。他们名副其实拥有自己的房间（纵使是两、三个人共享），晚上只需在家吃过饭，然后回自己的单位，便可拥有些微的个人天地。这种热切的盼望，往往成为向上求进，又或是向下学坏的原动力。我并不是玩文字游戏，而只不过指出实情而已，因为学业有成（当时自然以入大学为目标，但背后窥伺的除了是学位外，更重要是它的宿舍），又或是成为童党，都可以拥有自己的空间。其实这样说也不一定完全准确，情况大抵是从一堆限制转移到另一堆限制罢了，或许限制的数量会减少了，但重点是自己仿佛创造了另一环境出来。这观察是我某次与一"学坏"了的旧邻居，闲聊中大家拉扯道来的。是的，屋邨的环境充满限制遗憾——电视机与你之间永不会没有阻隔；永远在想睡觉的时候不能睡觉，不想睡觉的时候又被逼睡觉；电话又有使用时间限制，一连串的磨人制约，成就了怎样的人出来呢？有时想起那位旧友，也不禁为我们因共同目标所作的努力而会心微笑。

约束的开始

不经不觉说了那么一大堆，原来打算先有系统的计划编排，结果又沦为散章断想——那就是我想说的慈云山吗？其实自己也不太肯定，就如所谓的屋邨经验，是否就真的已经凝定结束，让我们偶尔如拿起倒后镜般回忆一下消遣作乐。我倾向相信屋邨阶段，不过是客观物理意义上的过去式，但这种结束也是另一种开始的奠基。因为与屋邨经验千丝万缕的关系，也是在很多自觉及不自觉的时候才陆续发掘出来。早阵子邻近的街坊，一起在楼下的茶餐厅闲聊，才扯到我好像从不穿正式的鞋在区内往来——我才想起流行的沙滩拖，只不过是以前硬胶拖的代替品，背后的理念仍是以拖鞋在自己的小区内行走——当然今天凭走路所界定的"权力范围"，远远及不上以前那么辽阔。我不知道诸如此类的生活体验，还会在何时何刻冷不防再度闪现，故事的结束百分百只有现在式的意义，对过去（如第一节所云）及将来（此节所云），其实我所知甚微；而我亦只能以此成貌交出自己的一份小区私档案——在1997年的5月中。

香港"八卦"系统 vista 版

本来社会上的八卦系统自古皆然，并无别致，香港当然也不例外。当我们每天在畅销报章的头版上，都看到不少关于明星的谣言在注目的位置，大抵足以反映出读者对同类型新闻如何趋之若鹜。报章大体上的处理手法，仍离不开澄清谣言真确性的惯伎，但现实上大家都心知肚明——闲言琐语无须真实。阅读者早已有了自我调适的不同标准，来看待明星谣言一类的新闻；对大家来说，有趣味性的不真实故事，远较什么也没有的真实事件来得有阅读趣味。李赛凤与契仔宗天意是否有奸情，舒淇是否由张震身上移情至吴彦祖，又或是无线剧集《学警出更》有多大程度抄袭电影《神经侠侣》（吴镇宇及陈奕迅于 2005 年的出色小品）等，诸如此类的新闻价值，全在乎报导出来的一刻，往后澄清谣言的动作一概为剩余价值，到所有可利用的均被掏空，自然又可制造另一项传闻来转移视线。

有民主才有得八卦

克里斯·罗杰克（Chris Rojek）的《名流》（*Celebrity*）中，清楚指出名流文化的成形，必须建基于数项社会条件：一是社会的民主化；其次是宗教组织的衰落；最后为日常生活的商品化。以上三项条件，都属香港已然具备的，因而由明星带动的名流文化八卦系统，自然得以无痛无痒落地生根。所谓社会的民主化，并非指政治上的什么制度变更诉求，而是通过民主的理念及基础，才可以借民主之名，以便强化八卦监察的理据，利用公众知情权及名流为公众人物等种种似是而非的论调，方便挂羊头卖狗肉的商业营销策略——这是八卦系统的精神支柱根基所

在。更重要的是即使对簿公堂，法律对诽谤乃至侵犯隐私的诉讼也存在
大量的灰色地带，加上法律精神有利益归于被告的设定，所以民主机制
通常是八卦系统的护身符挡箭牌。早阵子香港的《壹本便利》（现已改名
为Face继续经营）揭载钟欣桐（阿娇）的走光照，便曾反客为主通过在
报章上刊登全版广告，借民粹主义的逻辑向社会舆论反击（谁没有看过
买过的请站出来!）——因为当今社会没有在桃花岛上公然挺身而出宣称
没有杀错一个好人的洪七公存在，所以其中的诡辩伎俩也得以瞒混一
时，以上一切都是依据民主社会而共存的灰色地带，因为有民主才有得
八卦之意，正好由此而生。

　　至于宗教组织的衰落与日常生活的商品化，则属于八卦系统的实践
社会背景。严格来说，宗教组织在香港并不衰落，而且代表人物也长踞
传媒焦点，天主教会主教陈日君屡屡就香港政府的民主发展高陈言论，
就是一最好例子。然而宗教组织有分门定性的功能化倾向，对待娱乐八
卦系统，一来没有认真看待，持不值一哂的态度视之；其次因为娱乐八
卦没有冲击到宗教组织的核心价值，他们乐此不疲攻讦的反而属同性恋
的探讨（最近香港电台《铿锵集》其中一辑《同志·恋人》备受抨击，
后来甚至连广管局都作出强烈劝喻的规训），又或是最近香港中文大学学
生报的"情色版"风波（因有文字提及乱伦及人兽交，于是遭全城围
剿）等，以上例子才触犯他们道德高地的权力位置，因而才会有积极介
入响应的动力。至于日常生活的商品化更加理所当然，换言之八卦的真
假毫不重要，对消费者来说利用八卦才属正事：吴浩康借钱葬母真假休
论，藏毒者回头是岸由衷忏悔才是道德伦理的解说重心；许志安的抑郁
轻重尚待研究，香港人人有抑郁的都市恐惧才是关注焦点。简言之，八
卦内容是城市日常生活中的感性消费核心，由话题的开展乃至煞有介事
的切磋分享——它建构出人际关系上的商品化联系，并制造出全民处于

同一场域的幻象，大家拥有共同的出发背景，作为城市人身分的起步共识；换句话说，八卦信息是城市人的一张隐形身分证。

人格分裂的升级版

正因为香港具备八卦系统高速发展的先决条件，所以一般而言八卦文化的代表性现象，都能够在香港落地生根。就如追星族而言，在八卦系统中早已点明建构八卦文化的支柱，不可能再单方面局限于名流又或是明星身上，杨丽娟千里迢迢来香港追逐刘德华的星踪，甚至于丧父后仍坚持不悔，由始至终刘德华均竭力回避介入，然而怎样也阻不到八卦的升级发展。追星文化上有所谓"圣汤玛士效应"（The St Thomas Effect），指狂迷会以偷偷摸摸的手段去接近名人，甚至利用暴力去袭击名人，从而希望满足到亲圣又或是惹来注目的内心盼望。然而今天的狂迷效应早已发展出"圣汤玛士效应"的后续版：即狂迷不用偷偷摸摸，只要背景有感性煽情材料（如杨丽娟），传媒自会帮你完成追星历程；而更重要的是与偶像有何接触，已非必然的轰动因素，狂迷自身都足以成为八卦焦点，让娱乐传媒支撑连续性的延伸话题。

当然明星与传媒亦友亦敌的纠缠关系，自然都属于八卦系统进入烂熟期的必然现象。卡普费雷尔（Jean-Noel Kapferer）在研究谣言的专著《谣言：运用、诠释及影像》（Rumors: Uses, Interpretation and Images）中说得好：要想保持明星的地位，就要管理好秘密，巧妙地泄露出来，然后吐露隐情。透明度会扼杀明星，但秘密保守得太严同样会毁掉他。事实上，不少研究早已道明，其实很多关于明星的谣言均源自明星的运作系统中，如经理人又或是所属的唱片公司。王菲在与霆锋一起的短暂日子中，就曾经不断投诉媒体总知道她和霆锋见面的地点——

背后的逻辑都不离喊贼捉贼的矛盾。当然更仔细的分析可视之为对艺人和营销系统之间的二元对立，日本老牌明星三浦友和在自传《被写体》中，便曾不厌其烦把他与山口百惠对抗狗仔队侵扰的瓜葛一一道来，其中更明言不少时候经理人公司和狗仔队都有朋比为奸的情况出现。当然这一种逻辑一直视艺人为受害者的身分来申论，而事实上要算清艺人受谣言困扰的伤害大，还是不断可保持见报率的效果大，相信乃至死仍难休的鸡蛋与鸡问题。西方的例子中，自然首推以麦当娜有先见之明，把一切形象乃至谣言绯闻制造的主动权收归掌握之中，成为费斯克（John Fiske）笔下的后现代英雄，在高度资本主义中不断去戏谑成规，以打着红旗反红旗的伎俩教父权分子寝食不安（见 *Reading the Popular* 的详细分析）。在东方文明中，香港似乎仍较为少见成功充分掌握谣言，来作为个人谋利工具的智能型艺人（章小蕙曾尝试为之，惜却未竟全功），至少未能产生一范式化的例子，供我们作深入研究。

　　至于香港的八卦系统较他者如何升级？我认为从一开始，港式八卦已着力建构一混杂型的系统，意思是它从来不会独立存在。香港发售的所有八卦杂志，几近全部均以一书数册的综合消闲式组合出现，其中如《壹周刊》、《东周刊》、《快周刊》、《明报周刊》、《3周刊》、《忽然一周》及上文提及的 *Face* 等，都无一幸免。一书数册的组合式八卦杂志，正好提供堂而皇之的人格分裂消费基础——美名名是一家大小各取所需，退一步而言则方便主客双方都有下台阶的借口：出版者以多元并存为掩饰，消费者也可以我不过去看 A 书而非 B 书来隐藏真身。

　　综合型的结构令到大家有进可攻，退可守的回旋空间——而这一点正是香港八卦的核心精神。正如陈冠中在《我这一代香港人》中分析香港精英的精神价值："我们整个成长期教育最终让我们记住的就是那么一种教育：没什么原则性的考虑、理想的包袱、历史的压力，不追求完美或眼界很大很宏伟很长远的东西这已经成为整个社会的思想心态：我们自以为擅随机应变，什么都能够学能做，用最有效的方向，在最短时间内过关交货，以求哪怕不是最大也是最快的回报。"不选择贯彻始终的立场，不作爱憎分明的划清界限，不提出怒气横秋的指控——八卦新闻过目即忘，娱乐事业粉饰太平，香港人结案陈词，八卦系统终于得以名正言顺升级为 vista 版本。

我想跟大佬，而非做大佬

自从陈冠中推出《我这一代香港人》后，我认为香港的文化界再不一样，因为他率先旗帜鲜明提出了忏悔意识。在名篇《我这一代香港人——成就与失误》中，他目光锐利点出："我们整个成长期教育最终让我们记住的就是那么一种教育：没什么原则性的考虑、理想的包袱、历史的压力，不追求完美或眼界很大很宏伟很长远的东西这已经成为整个社会的思想心态：我们自以为擅随机应变，什么都能够学能做，用最有效的方向，在最短时间内过关交货，以求哪怕不是最大也是最快的回报。"这种文化总忏悔的意识，的确有深沉的含意。过去我曾以共犯的角度去加以理解（今天的文化困局，大家都同在浑水之中，任何人都不能置身事外），但吕大乐在《四代香港人》中锁定焦点，确定属"战后婴儿潮"（1946—1965 年间出生的人）的代际问题，并以语重心长的腔调，责成这代人（书中定位为第二代）未有好好维护第一代所辛苦建构出来的多元开放环境，把忏悔意识的演绎推至另一精准的尖峰。

理解上的误会

吕大乐特别强调对"三十世代"（即书中所云的第三代人——生于1966—1975 年）有亏欠之情，认为"战后婴儿潮"牢牢掌握了社会的主导权，事事把同代的问题化为"我们"的问题，令到"三十世代"难以发声展翅，并以海峡两岸乃至邻国"三十世代"的飞扬高涨来加以对照，来深责"战后婴儿潮"未有好好接棒创造好有利的条件供下一代大展拳脚。

我认为这里存在数重误会，希望逐一厘清。首先，周遭"三十世

代"的飞扬，很大程度属香港"战后婴儿潮"乘时崛起的翻版再造，也
即是陈冠中所云不少自己的同代人，乃搭上了时代的顺风车欣然上路得
利。那不关乎"战后婴儿潮"的主观意志，说到底创业一定较守业引人
入胜。其次是"三十世代"从来没有要求"战后婴儿潮"提供"上位"
的机会，那应该是第四代的诉求（1976—1990 年诞生）——为何我会这
样说？因为吕大乐提及"战后婴儿潮"对子女的事事操控心态，配合不
断与成长信念背道而驰的教育方法，其实全由第四代人饱受其害惨遭摧
残。今时今日，即使大学生也要求科科即食，事事全包的天经地义心
态，全属现眼报①的恶果。相对而言，第三代人其实经历的成长条件不
会与"战后婴儿潮"有太大差异，父辈同属第一代人，加上同受大家族
的风气影响（一家有四五名小孩份属常事，长子在年龄上往往足以成为
么子的父亲），孩提期同样串胶花串表带长大，所以二十年才属一个循环
的观察大抵甚有普遍意义。所以吕大乐指出"战后婴儿潮"因考试制度
而建构出来的工具理性信念，其实第三代人大抵并无异致，成长阶段一
同经历由屋邨向私人屋苑攀爬的过程。一般来说，不少本土论者都以 20
世纪 70 年代成长的一代作为香港精英丛聚的坐标，但原来默默支持及
守护本土文化地标的却是后来的一群。从微观政治去审察，那即是说明
了作为香港文化精英的一群，其实在 20 世纪 80 年代开始已把目光及关
注点移离根源，有心的大抵转战他方作转进，无意的早把赚钱视为己
务——对"曙光"这类不起眼却意义深长的文化基地，会放在心的相信
都是沉实忠诚的文化爱好者罢了。

---

① 现眼报：即现世报，指马上有报应，迷信的人指人做了坏事今生就得到
报应。

为谁忏悔？如何忏悔？

　　我不排除有第三代人认为"战后婴儿潮"紧紧握着权力不放，而且又爱自以为是（吕大乐所云的"众人皆醉"心态）及联群结党的巩固核心位置手段，会有反感情绪存在。但从宏观的角度去审察，同代小圈子式结构其实代代皆然，问题不在于形式上的结构，而属于圈子交出什么功课来。此所以"战后婴儿潮"如有失职，并非在于没有把权力指环交出来供人"上位"，而是坐正龙椅后力推终身学习的口号，言犹在耳却最早身体力行中止学习，并相信自己的一套可以用到老食到老。简言之，坐拥华厦名车，歌颂自己的经历成为香港精神统统不是忏悔的核心——霸着茅坑不拉屎才是令人失望的关键所在。为何日本社会对富士的王牌剧《跳跃大搜查线》历久钟情不衰，无论电视版及电影版均再三制作，且同样惹人注目。当中的关键命题正是由柳叶敏郎饰演的警方上层，努力在科层制度中打拼，从而去制造出更宽广的空间给由织田裕二代表的前线警员发挥——大家都有自己的角色位置，只有互相合作各尽其分，才可一起建构健全的畛域。身边一些第三代人的文化精英，曾经语重心长对我说：阿汤，我最想跟大佬，而非做大佬！背后正好反映出做好件事才是终极目的，大家各有所长——如果真的要讲承传，那应该为各司其职，而非以自己一套来画地为牢。

　　我得承认上述所提的心态带有浓厚的理想主义色彩（用 2007 年的香港水平而言），现实情况其实可能只要不属最差，已经叫人安心收货。我的意思是陈冠中及吕大乐所提及的"战后婴儿潮"忏悔意识，其实仅属个别人士凤毛麟角的深刻反省，大部分的同代人仍沾沾自喜努力去捍卫自己所认同的"核心价值"。最大的悲哀是因为要捍卫权力，于是实行刀不沾血的愚民政策——眼前的媒体千色一貌，任何要思考的内容均尽快被掏空清除，这个社会只需要经济及消费，成功洗脑后一切才安稳放心。所以我不认同吕大乐的定性理据：他认为"战后婴儿潮"的问题，永远被界定成为整体社会的问题焦点，是因为他们人多势众（1966年19岁以下的青少年占总人口的五成）。我则认为是基于他们成功通过软性推销，把世代眼前的当下关怀，成功转化为后来者的必须装备（以父母以上司以掌舵人身分），于是才可以达致不用进修，却仍安坐顶端的云间甜梦。那是真正的愚民政策，而且我得衷心拜服，因为从现实情况去审察，以上手段远较政府的任何方案来得成功收效。

是维一点世代观察的琐屑补充。

十年商场两茫茫

——一城小店，无处话凄凉

我居于香港新界的沙田第一城，由大学时期开始，至今约有二十年了。沙田第一城是沙田区最大型的私人屋苑，由 1981 年已完成第一期开始，到 1988 年推出第七期为止，整个屋苑在五十二座，规模之大算是私人住宅楼盘中的异数。由第一期至今，沙田第一城的楼龄已不浅，三十而立之年转眼间亦快将降临，然而楼宇的市场承接力仍气势旺盛，即使仅以最近数月为例，平均每月仍有上百宗的交易买卖个案，在二手楼市场上算是极为"长青"的信心保证。那当然与四周环境的配合有关，一方面管理公司连年获奖，且早有未雨绸缪之见，及早进行楼宇更新及维修保养的保本增值工程；加上附近的小学表现出色，成为招徕家长置业为下一代铺路的吸引元素之一；更重要的是交通的四通八达，陆路有大老山隧道的地利，加上连铁路系统最近也延伸至在第一城设站，更加令到屋苑的价值得以巩固下来。

"下流社会"的乐园

对不起！花了一大段宣传式的官腔介绍，其实我旨在为读者先进行立向式的锁定工程。香港的经济起飞，除了部分人士通过财经金融地产上的投资发迹外，大部分仍属稳打稳扎由低向上攀爬的阶层。我所属的家庭可说乃颇为典型的例子，由一家九口（包括照顾偷渡来港的亲人）于巅峰时期挤在公屋单位内，到陆续逐一置业迁出成家，可说是香港社会生活水平向上流动的对应写照。老父在购买人生第一栋自置物业时，竟然不用借贷全用现金成交，令我大开眼界，也终于明白到上一代人的工作理财伦理观念与我们如何大相径庭。沙田第一城正好属于由低层向上移至中层的最佳跳板。香港人用"上车"作为术语，意指拥有第一栋私人物业，于是沙田第一城就成为价钱合理而且保值能力不俗的"上车"热点——换句话说，沙田第一城可看成为香港社会阶层流动的一个主要观察据点。

当然若要更仔细去分析，我会借用三浦展的《下流社会》来加以说明。沙田第一城由于拥有大量的小型单位，于是成为胼手胝足争取往上层流动的年轻人之热门选择。拥有私人物业，无论如何都应该被归类为中产阶层，然而又因为那是咬紧牙关的上溯过程，而且基础也绝不牢固（只要出现金融风暴又或是楼市崩溃，上述人士便会身处水深火热的险境），于是正确来说应以中下阶层名之较为准确。日本社会的趋势专家对此阶层有深入的分析，大前研一以 Lower-Middle 名之，而三浦展更自创"下流社会"来命名，更因而成为一纸风行洛阳纸贵的日本流行社会学名作。挪用"下流社会"的命名，主要针对的是经济上的阶层特色。日本与香港当然仍然存在极大的差异——三浦展所指的"下流社会"，不少是从"中流社会"（即中产阶级）下滑至"下流社会"的；反而香港的"下流社会"，则刚好才从真正的低下阶层攀爬上来，人种特性自然不可同日而语。明乎此，我以"下流社会"的乐园来形容沙田第一城，自信也属不亢不卑的持平之见。

商场为谁开？

正因为沙田第一城结聚的恰好为过去数十年，大抵凭实干耕耘而非投资有成，从而汇合而成的群体，我认为作为香港整体低下阶层向上流动的缩影写照（不要忘记即使时至今日，它仍然是全港最大型的私人住

宅屋苑），它的观察价值不言而喻。其中最具象征性的焦点对象，我认为
不啻属屋苑内的两个独立的购物商场，分别为较旧的银城商场及较新的
第一城中心。商场固然是为了居民的需要而建立，又或至少要在商业利
润及居民利益两端中拉扯平衡。在执笔期间，银城商场内一间历史最悠
久的文具铺，刚巧逃不过要结业的命运，终于要伤感地光荣撤退。这所
拥有二十年以上历史的吴增泰文具店，是典型的家庭式手作业小店，由
一对母子合力经营，内里陈设混乱，货物堆积如山，毫无条理，等闲之
辈入内轻则捣乱毁物，重则自伤肢体，所以我要购买什么，大抵都会高
声呼叫而由他们取来。然而正因为母子的自把自为，故此文具店内又往
往会为人带来意想不外的惊喜，由过年过节融合中西的不同玩物装饰，
到红白二事之用品乃至致送他人的名贵金笔，同样一应俱全。看着当年
的儿子由精力充沛的毛头，变成为今天发线也不得不上移的稳重店主，
我不得不怜悯神伤。

在文具店的邻近，另有一所名为和毅的茶餐厅，那更是我以前学生
的家长所开设经营的。那名学生是我转职至教育界后第一年遇上的学
生，今天早已大学毕业了。眼前的茶餐厅，在第一城经营了不过数年的
岁月，但即使眼见也可感受到它咬紧牙关，不断在求变维持下去的吃力
情况。说来惭愧，我甚少光顾学生的食肆，因为环境十分狭窄，令人进
膳时难以抒怀。然而那正是不得不如此的策略之一，店面有限而铺租
又腾贵，唯有牺牲环境上的质素，去追求更大的利润回报。自从文具
店结业后，每次经过附近，我都会担心学生家庭经营的餐厅——尤其
是近年来，两大连锁快餐集团均进占了商场的有利位置，"大快活"甚
至位处商场的中心，正好在和毅茶餐厅的对面，委实不得不叫人忐忑
不安。

大小通杀的经济逻辑

请不要以为我是廉价的伤感怀旧支持者，题目中所指的小店，其实不一定限于小规模经营的店铺。连锁快餐店哈迪斯（Hardee's）的结业，大家心里都知道是早晚的事。其实它在数年间，在香港已静悄悄地把不少分店关掉，艰苦经营的情况乃路人皆知的事实。只不过它的全面撤退，仍勾起个人不温不热的回想。

银城商场内也曾经有过一所哈迪斯分店。有好几年了，忽然就在楼市开始回阳朝春的日子，它就无声无息结业，原址后来就一开为二，租给两间地产公司——连同屋苑内原有的同行，忽然地产公司的数目立即飙升至上十间左右。我既不甘又好奇，于是走去查探租金为多少，才蓦然发现两个铺位各以数十万的价钱租出，原址的租金回报登时狂飙了一倍有多。其实也不会诧异，先前有一所面包店结业时，老板告之商场管理公司要加租至五万元。究竟每天要买多少个面包才可以支付五万元的租金成本？我苦笑心想大抵要推出鲍鱼金箔包，才有生存下去的契机。

回头去说哈迪斯——它一直是较为精致的连锁快餐店。观其早餐的布阵便可知，与其他同类型店铺所走的"抵食夹大件"①路线，有清晰的出入，食物的份量明显不及对手。但就是那一点点差异，令人留下印象：汤底浓稠的通粉、甜味与焦度合宜的蜜汁鸡翼乃至被媒体炒作成焦点的蘑菇饭（黑椒味最出色）等。中环店的经理打趣道：平日又不来，今天结业才一起涌进来！是的，哈迪斯的食物又不足以令你牵肠挂肚，甚至要抱朝圣心态去满足嘴馋。然而若有一间在你上下班的途经路径，

① 即"加量不加价"。

很自然又会成为需要同类型食物时的首选。它的消失无疑勾起淡淡然的
哀伤，却又不足以提升至一种香港情怀的回溯——只不过在宏观的潜背
景下，我们又再一次被地产商吞噬了一项口味的选择。这个世界没有双
赢，有的也不过是政治又或是经济上的修辞策略——市场机器追求的从
来都是独赢。

"品味的政治"的追求

那么是不是所有商场内的布局变化，居民都会逆来顺受全盘接收？
从第一城的经验来看，那又不至如此。第一城曾经有一间迷你电影院，
但因为太过冷清，不久便结业了，位于第一城中心内的原址一直空置，
曾经有不少租户提出改建用途，例如兴趣桌球室又或是建游戏机中心，
可惜总是在业主委员会连同区议员的大力反对下，最终不了了之。原来
居民又不致于对身处的环境麻木坐视，甚至当有部分食肆，尝试把餐桌
开设在公众的休憩领域内，也迅即被多番连环投诉，结果立即要收敛作
罢，可见群众聚合的讨价还价能力，其实绝对不可轻视。

然而这更勾起我的疑惑：究竟作为由下层向上流动的"下流社
会"，有没有改变了自己的阶级属性？我的意思是一般而言，低下阶层较
为关心与自己利益直接有关的事项，而且那又与经济及民生息息相关，
此所以香港在发展期间，较大规模的群众抗争活动均与民生扣连（1967
年的天星小轮加价，以及 1974 年的廉署成立，等等），也固然属理所当
然的习性延伸反映。然而今天若然真的已出现了阶级流动的变化，尤其
是在回归十多年后，即使经历了金融风暴的打击仍可以熬过一劫，那应
该确实可看成站稳了脚步的中产分子，可是眼前所见的思维方法，有没
有任何改变？

　　大家或许是富裕了，然而仍是摆脱不了画地为牢的自封心态，总是在不得不作响应的地步，才愿意集合起来进行磋商争取权益。如果晋升成为"下流社会"真的代表了上层流动，那么提倡"品味的政治"大抵才属于范式转移的第一步。我的意思是当大家可以购下私人物业，那已证明忧柴忧米的日子已经稍为远离己身，那么是否可以为自己信奉的理念多说一句？多走一步？那不一定是什么政治上的见解立场，所谓"品味的政治"就是对自己的好恶挺身而出去维护，香港人爱去的旅游胜地小樽，那条为人津津乐道的运河正是当地居民历时数十年的争逐成果。如果我们有好恶，那其实就应该由身边的环境开始——选择就是政治；除非你连自己喜欢什么也不甚了了，言不出所以然，而我确实担心有机会不幸言中。

Of Gazing at Mall

20 世纪 90 年代中期，我与另外两位好友兴致勃发，决定在旺角信和开一专卖电影精品的小店"影迷百科"——当然要在地下室，大家都知道信和精神尽在此寻（你看大部分鼻祖式旗舰店如"CD 交易所"及"漫画博事"均在此便一清二楚）。当年的入市价约为港币八千元，换回接近七十平方英尺的狭小空间。但已足够了，因为那不过是一寻梦的栖所——当两代前的文化人在海运大厦的巴西咖啡室谈文说艺，我们同样利用流行商场的空间去追逐理想。对我来说，飞往日本把《阿飞正传》日文版（即《欲望之翼》）的明信片横扫回来，而且以高价售予络绎不绝的同好，满足感不下于刘嘉玲在电影中对张学友所说的一句对白：d 但你脑里面谂乜我就乜都知道!（但是你脑子里想什么我全知道）至于以过千元的天价，把张国荣大头的《霸王别姬》法文地下铁灯箱版海报售出，那就更加大快人心。是的，我庆幸的是眼光为人欣赏，以及货品有市场价值——因为一切代表来客有所要求，而且制造了一种盼望，以为大家可以共同去建立彼此的梦幻商场角落。

谁的凝视？谁的商场？

是吕大乐的*The Malling of Hong Kong* 提醒，香港第一代商场的设立，完全是为了满足外来游客的需要而设，而尖沙咀一带的商场更长期被视为高档消费的标志领域。尽管我私下认为吕大乐文章的隐藏目的，是苦口婆心希望从侧面提醒同路人，在研究过程中要注意历史变化的细节；简言之为历史虽然并不久远，但也不可以个人的诠释来涵盖变化。但我也从而想起商场与游人的关系中，其实也一直在变化更易，甚至颇怀疑有没有相对一致的稳定脉络存在。如果我先笼统地把对商场的凝视，区分为外来凝视及本地凝视，那么前者当然用来指涉外来游客闲逛商场态度。其中固然有吕大乐提及的外国游客其实对商场以外的治安不靖有一定的忧虑，再加上香港在 20 世纪 70 年代于亚洲区的购物天堂形象，难以有他方匹敌，追求系统化条理有致的优质商场消费空间，固然理至易明。但随着时代的推进，日本的新一代游客除了一众 OL 美女蜂拥往名店去血拼之余（其实千禧版已成为来自内地的美女），更多人以朝圣的心情穿梭于旺角商场来寻觅宝物（见《杂踏香港》内的《日本人眼中的旺角——"下町"美学与"otaku"圣地的异国延伸》）。安全舒适配合名牌陈列的规范化商场空间，与无理序不规则的冒险式游历商场空间，其实同属于游客的期待凝视指向，两者互为表里辩证地丰富了商场游历的可能性。

与此同时，随着本地凝视的抬头，商场所针对的消费族群已明显由外地游人转移到本地的消费者身上。我们不一定要如费斯克般，以年轻人阻挡商场冷气的出风口，又或是霸占公众空间而只作橱窗消费，甚至通过不断购物又不断退货来完成那种对抗性的战争隐喻，从而把无产者的消费纳入"恶精灵"的捣蛋系统内。即若如先前提及巴西咖啡室的"中文运动"沙龙岁月，其实都已经属于本地凝视的创意挪用。只不过本地凝视的切入，我认为是通过参与其中去建构改变商场内容，多于以对抗性的策略来破坏原有的消费契约关系。和外地游人不同，即使在未有全球化的术语出现之前，我们已习惯了国际品牌在大商场内的割据划分领土。而事实上，那其实可以是一个完全与自己世界无关的异化空间——试问问北区乃至天水围的年轻人，海港城对他们有多大的重要性便可一清二楚。通过期待的凝视，我们不如落手落脚去决定自己的商场内容——那和办一本文学杂志其实差异不大。作为我消费的对象之一，既然市场上的供应未能满足自己的需要，不如就亲自落手搞搞吧。那和最好的书评就是去写一本书的逻辑，其实并无异致。

我们需要怎么样的商场？

回到今天的商场论述，我常发现往往陷于两难的发声位置——在抗拒千篇一律的商场复制计划之余，如何可以避免流于形式化的"商场原教旨主义"倾向？我所指的"商场原教旨主义"，乃针对不少人对于商场原貌乃至方向改变的不以为然论调。以旺角为例，好景的"地上光明化"令不少情色狂迷失落了不少日子（我有原职教育界的友人中退后，毅然改而在此经营餐厅咖啡室），至于信和的洁化更令太多人扼腕。在慨叹感兴背后，其实我们在有意无意之间，均抹掉了一些阴暗记忆——每次上好景寻找情欲宝典，你都要有随时葬身火海的心理准备；为信和提供第一手的流行文化信息额手称庆之时，很容易便叫人忘记了如"变色龙"之流无终极的侵犯版权，成为艺术影碟的任意复制翻版王国（江湖传闻店主已被检控云云，道听途说姑妄存记）。

容我大胆地说一句：我们其实不太清楚自己需要怎么样的商场！此所以对本地商场的论述，往往以否定的角度切入——商场不应如此这般，却甚少有人可以理直气壮高呼商场应该是什么样。因为我们受益于外来凝视与本地凝视混合的高飞期，致令大家可以在 20 世纪八九十年代陆续体味到较为繁富多姿的商场组合趣味。可是我们并没有珍惜所有，对于庞大的翻版市场文化无条件欣然接受，令我们从来没有谱成气候的商场文化落地生根。当我们看到深圳由金光华商场发展到万象城，你可以清楚看到内地复制香港的商场技巧，已愈发熟练且青出于蓝；假若你认为"生活物质"书吧，不过是库布里克（Kubrick）①的幼嫩模拟，那么在东门旁中海商城新开张的唐宫席殊书屋，早已足以叫所有香港书店汗颜。别人在复制自己之余，成品较原版更具生气活力。而我们执持的究竟还有什么？

如果陈冠中反省同代人自以为了不起，其实不及上一代，只是运气较佳；那么我们一代人从来就没有一刻自以为是，当然同样也不及上一代（那即是陈冠中的一代），只不过我们的运气更差而已。本地商场的溃不成军，我们都是擂鼓扬旗的帮凶。我从来不是"原教旨主义者"，在秋叶原由电器城摇身一变成为"萌之趣都"的过程（当中的脉络又要在另一篇文章交代了），有一细节常存于我心头："无线电会馆"在重整经营方针后，推出一系列的月租陈列柜，大小如一般火车站内常见的投币储物柜，以每月由二千至五千日元的价钱，租给有心人用来陈列自己不同的心头好（通常为精美的模型），由租用者为内里的货物定价，成交后商店会收取15%的手续费。麻雀虽小，美梦常存。

"影迷百科"的业务一度蒸蒸日上，我们曾经过海于东方188商场增设分店，后来也杀入百老汇电影中心。不过其实早于开设一年后，便改为由其中一位好友独力经营，而今天他已把市场转战海外，继续点燃把兴趣转化成事业的梦想。我惊讶地发现经营小店，与投笔写作的关系竟然如此相近——大家都要离开香港，才可以延续梦想。好友在美国另闯天下，与写作界的友人进攻其他华文市场简直有同曲之妙，要继续前行就一定要放眼四方。同理言之，假若改变不了香港商场的生态（不成比例的过高租金以及不愿付出的消费族群），我相信还有一个答案：商场在他方。

---

① 位于香港百老汇电影中心的一家书店。

假如我想做一个记忆夹心人

关于记忆的吊诡——无论是扭曲、变形或虚拟其实都不是新鲜事。而且在艺术表现上，它早已成为不少人的必杀技。台湾有黄凡，大陆有余华，他们玩弄记忆的后设手法早已到达顺手拈来的地步。电影中的《阳光灿烂的日子》早已为我们对青春期的反叛记下了扭曲的新诠，而去到了今时今日如法国才子奥桑镜下，一若《泳池情杀案》把类型规范和记忆把戏作出美妙的形神结合，作为观众的大抵也只能瞠目叫好。只是我一直觉得以上均属非日常性的记忆吊诡——意指是主事人刻意为之的重组解构，从而去满足艺术上及创作上的探索。反而对一般人来说，更亲近的为日常性的另一种记忆吊诡——你可以选择性的记忆来名之，但它却又往往受着主客互渗的牵连支配，令人深切感受到作为一个记忆夹心人的有口难言。

超时空歌神

有时想做一个记忆夹心人也绝不轻易：以 2004 年回归延续至今的许冠杰热潮为例，一切的确来得气势迫人，唱片店中的《许冠杰 04 继续》疯狂热卖，而所有影碟店也曾几近不约而同一起齐播《双星报喜》，更不用说连 TVB 不经大脑剪辑的《歌神再现启示录》，都一样看得人津津有味。我自己是许冠杰的歌迷，在中学时代主要受同学影响，朗朗上口的是《等玉人》及《独上西楼》等小调情歌。

但我又不可以说与许冠杰并时性共生共存，因为我错过了他的乐队年代，而且《双星报喜》也不过于今天才算是有第一次稍窥全貌的接触。我当然被"好姨"薛家燕当年的芳华正茂技术击倒，同时更为以前的"听歌学英文"环节铭心不已。不过更重要的刺激,是促使我反思自己那一代是如何去"接受"许冠杰。正如我刚才所说,与能够在电视机前与子女分享当年歌神丰功伟绩的父母辈不同,自己没有身历其境的发声权;但与此同时,当然不如一张白纸般予人任意重新谱写歌神新貌。我想起20世纪80年代念中学时期的往事,那时候大家均一本正经去看待许冠杰乃至其他本地的流行偶像。我手上还悉心保存当年的校报《火炬》,同学以许冠杰的歌词与不同的古典文学作品作对照研究,既指出《天才与白痴》中的构词造句,与《四大奇书的第四种读法》(乾隆本)不谋而合("西门庆是混账恶人,玉楼是乖人,金莲不是人,瓶儿是痴人,春梅是狂人……"),而且进一步分析"双星情歌"的起承转合与诗词作法基准互通声息,从而道出宋词与许词中爱用口语的一些雷同风格。这样回溯并非想为昔日的同学作超时空的脸上贴金,而是想指出一个流行人物的"阅读"方式,往往和个人的自决选择有密切关系。当年作为中学生的我们,其实不过利用许冠杰去寻找肯定本土化的发声努力,当然我们不晓得用冠冕堂皇的名目去为自己的行动定性。只是那其实也亦是肯定自我的一种表现——许冠杰可以突破流行曲的局限,我们也可以超越中学生办报的稚嫩边界。

当然一切也不过是一个借口,今天回看许冠杰并没有什么大不了的破格,我们也不过成为芸芸众生的一分子,但因为曾经相信,所以那一刻已经与别不同。作为一个记忆夹心人,启动对许冠杰的记忆属潮流没顶的形势所迫,我没有去到虚构记忆这一步(虽然是不少人于创作上的惯伎),但也不敢保证突出以上一段"个人许冠杰接受史",绝无私心的扭曲变形成分——如果真有其事的话,相信也不离希望各位坚信自己与别不同的年轻人,再一次可以在他身上证明自己。

我看见的你是我自己

不过因年代而造成的隔阂，始终是我作为记忆夹心人的记挂焦点。当我去年在艺术节听林一峰、Ketchup 及 the Pancakes 的 "1，2，3 到你！音乐会"，其中一个环节由他们选唱影响自己较深的 "名曲"，而 the Pancakes 以小六女生式的声线喊破喉咙引吭高歌 Beyond 的《旧日的足迹》，自己顿时差一点笑破肚皮险些从椅子滑下地来。本来一心以为 the Pancakes 不对称的错位演绎会是全晚的高潮所在，想不到好戏在后头，一曲既罢台下全无反应，原来好像无人对 Beyond 这首成名作有印象。

再重省作为记忆夹心人的身份，我想起 20 世纪 80 年代的 Beyond 在 80 年代出生的新生代中（当晚的主要观众层），原来已远非成长于 80 年代的我们心目中想当然般的重要。那不是说 Beyond 的歌迷会锐减或是什么（那始终是林一峰、Ketchup 及 the Pancakes 的演唱会），而是作为不同年代的本地歌迷，口味的代沟于可见的未来将会日益拉阔。

事实上，上一代歌手的支持率近年来不跌反升，以往的实力派人马由张德兰、刘凤屏、张伟文到宣传铺天盖地的罗大佑，都得以在 2004 年中举行演唱会，可见老一辈歌手的复出浪潮绝非偶然，某程度也反映出上一代乐迷对刻下乐坛充斥大量五音不全歌手的不满。但另一方面，年青人对唯新是尚的风气也乐此不疲去追逐，继 Twins 锁定天下后，由只有 11 岁的组合 Cream 到 2R（Race 及 Rosanne）再到女生宿舍，其实也各有支持者，只不过大家的音乐地图领域愈发泾渭分明罢了。如果我刚才对许冠杰的思忆是一种选择性的记忆，目的是把经验作传承沟通，来企图鼓动年轻人去 "利用" 许冠杰来成就自己。那么 "1，2，3 到你！音乐会" 的例子，正好说明记忆吊诡的终极吊诡——只有对记忆对象本身抱持兴趣的受众，才会有动力去思考什么变形又或是虚拟的关系，否则从另一角度来看，也可视之为思忆者闭门造车的自闭游戏，只娱己不娱人。

达明一派的例子不好谈

只不过有时候谈记忆都会两头不到岸，我想说的是令记忆夹心人头痛不已的达明一派。和许冠杰不同，歌神具备的是君临城下的高姿态回归气势，你基本上不可能加以抗拒，不明所以的也只好从各式精选碟中，寻找一鳞半爪的今昔连系以便进场投入一番；至于不认识 Beyond 的也可继续捧着林一峰的《游乐》不放。倒是达明一派——今时今日的"六、七字头"（20 世纪六七十年代出生的人）无一不自认为达明一派的粉丝，对"天问"及"十个救火的少年"等讽刺时弊的作品喃喃上口，那真是一种毫无压力下的主客结合乌托邦理想国吗？

当身旁年纪相若的友人不断站出表明达明粉丝的身分后，我先前担心的记忆吊诡不期然又转移至同代人身上。我们真的是义无反顾一往情深拥护达明一派吗？20 世纪 80 年代的乐队有走清新风格的凡风、小鸟；玩五音不全的 AMK；有林夕支撑大局的 Radias；当然还有最有乐队风格的 Beyond 及大极。就计算两人组合都多若牛毛，有我为之神魂颠倒的梦剧院（两名中大女生一手包办所有歌词，成员之一李敏仍在活跃于媒体中）、有当年李蕙敏压阵的 Echo、还有我已全无印象的 Face to Face——那即是说我们的集体记忆为何仅高度约化成达明一派世代？

是的，我的确是达明一派的粉丝，但我得承认因为一件琐事而恼恨了他俩十年。达明一派刚举行二十周年纪念的演唱会，今次的地点为红磡体育馆。事实上，在十年前的十周年纪念演唱会上，他们仍然只能在湾仔的伊馆举行，十年来粉丝的有增无减由是得以佐证。不过十年前因为他们没有唱出对我意义重大的*Kiss me Goodbye*（收在第一张 E P 中的其中一首作品），因而令我怀恨十年——"像流星，闪出爱情，一刻也长记于心。但浮生，飘忽似云，分开了难再走近"，我认识的达明一派是由叫惨绿少年神伤的浪漫小调开始，和文化意含无涉。直至今年的二十周年，明哥终于为我补上这一曲，满足了为期十年的等待。

达明一派的例子正好说明我们每一天都在选择记忆，大家的目的或许不同：有人为了突出自己的文化族群身份、有人为了显示个人的伯乐眼光、也有人仅仅只为了 come out 而 come out——只是结果却原来与刻意的向壁虚造别无差异。我刚才突出自己恋上达明的非文化性根源，其实也可能是作为对抗潮流人人爱达明的潜意识反悖作用，大抵也可以一种粉丝原教旨主义的心态来名之。

那即使说，不需要去成为一个小说家才可以当一名大说谎家，日常性的记忆选取已是自然而然的变形扭曲，反而刻意去虚拟记忆去成就"艺术"——一不留神就成了 Kitsch。

简体版后记

汤祯兆

《全身文化人》是一本奇特的书，我从来没有想过它有机会以简体版面世，在此先要感谢文化工房的袁兆昌及浙江大学出版社的张罗及支持。

翻开《全身文化人》的目录，大家不难发现它是一本百分百"作者论"的作品——如果你对"汤祯兆"兴趣不大，那彻头彻尾肯定不属你要喝的一杯茶。如果当初没有文化工房的无限信任，它根本不可能有机会以如斯面貌示众。是的，自选集之名本来就已经很不香港。念书时期所接触的自选集，全属大陆及台湾的文学大家撰作，堂堂系列横陈，气势好不吓人。我尝试从读者角度，去思考究竟想看一本怎样的自选集，得出的结论是——肯定是以汇聚作者最出色的文章为终极期盼。也正因为此，我原先打算以"The Best of"的编选逻辑，从而去组织谋篇，即把自己最喜欢的文章共冶一炉汇集成书，作为一个阶段的总结——我一直坚信写作必须先娱己后才能娱人。不过迅即发现构思并不可行，因为基于既有版权上的合约限制，我无法把所有自以为最出色的文章聚合成一书。后来退一步去思量，终于得出另一想法，就是以 reader（读者）的概念出发，即以建构成一本"汤祯兆读本"为务——那就是说从《全身文化人》入手，读者应该可以明白到我这二十年来的写作生涯，是怎样走过的。而且我也担心自选集在香港的市场非常有限，于是把未收录成书的文章编修进去的念头也益发愈炽热，终取平衡而成了眼前的成貌。

"创作人"、"足球人"、"文学人"、"电影人"及"香港人"，是我归纳出来的五个身分，用来统涉过去的创作历程。邓小桦劈头便问我为何把文学创作置于卷首？我不假思索便回答：那是写作的根，怎能不立此存照思源为证！曾有内地读者询问，为何在《命名日本》后记中，那么强调中文系出身的影响？我得承认今天看来，以《全身文化人》为名正好代表了出入无门的理想境界（可参看叶辉在书中对"疑似同门"的诠释）——"无门"，就是无门无派，那确是民间书写的自由自在世界；不过要进入"无门"，每个人其实都有自己的写作历练，而我就是凑巧从文学开始，仅此而已。

是的，那绝非你惯常认识专擅日本文化书写的"汤祯兆"——后者其实可能更接近市场定律建构出来的形象角色。但由于大家容易接触到我的日本文化书写，所以是书便刻意让这一种身份缺席。在《全身文化人》所展示的，其实不难说明每个人都有广阔的兴趣范畴，而且内容表面上好像风马牛不相及，但仔细一看自然会得出文理互通前世今生的脉络印象。再加上我是一个幸运的人，才有契机可把意念落实转化成书并得以刊行。

内地读者容或对书中内容，例如香港杰出的文学作家谢晓虹、王良和及罗贵祥等不一定熟悉，又或是对一些香港的地景（沙田第一城）乃至热门焦点话题（《四代香港人》的争议）不甚了了，甚至对一些肆意把弄的语言实验（把广府话口语乃至粗言秽语也挪用至文中）心存反感，然而我深信背后的谋篇定势，其实还是中文铸造天下融通。

是的，《全身文化人》是我迄今为止最偏爱的一本书，希望大家可以看出滋味。

·图书在版编目（CIP）数据

全身文化人/汤祯兆著.—杭州：浙江大学出版社，
2011.5
ISBN 978 - 7 - 308 - 08578 - 6

Ⅰ.①全…　Ⅱ.①汤…　Ⅲ.①中国文学－作品综合集
Ⅳ.①I217.2

中国版本图书馆 CIP 数据核字（2011）第 061825 号

本书经文化工房授权，同意经由浙江大学出版社出版发行中文简体字
版本。非经书面同意，不得以任何形式任意重制转载。

浙江省版权局著作权合同登记图字：10 - 2010 - 150 号

全身文化人

汤祯兆　著

责任编辑	赵　琼
文字编辑	杨苏晓
装帧设计	丁威静
出版发行	浙江大学出版社
	（杭州天目山路 148 号　邮政编码 310007）
	（网址：http://www.zjupress.com）
排　　版	北京京鲁创业科贸有限公司
印　　刷	杭州杭新印务有限公司
开　　本	880mm×1230mm　1/32
印　　张	6.625
字　　数	140 千
版 印 次	2011 年 6 月第 1 版　2011 年 6 月第 1 次印刷
书　　号	ISBN 978 - 7 - 308 - 08578 - 6
定　　价	29.00 元